古事記ワールド案内図

池澤夏樹
Ikezawa Natsuki

JN019058

河出新書
060

目次

はじめに

『古事記』という文学作品を一つの小世界に見立てて、そこの案内記を書こうと思い立ちました。

本を読むことは旅に似ています。

そうなのだけれど、『古事記』の場合は出発点からどんどん歩いていけば目的地に着けるというほど簡単でないのです。道は入り組んでいて、見るべきものは散らばっている。読者はあちこち巡らなければならない。

それならばガイドブックがあればと思ったのです。

ぼくは何年か前に『古事記』を現代語に訳しました。

翻訳というのは原典を精読して、それを別の言語に置き換えることです。この場合は古代の日本語から現代の日本語に移す。この仕事で『古事記』を綿密に読みました。だいたいのところは頭に入っている。と思っていたら、振り返ってみると細部はたしかによくわかっているし覚えてもいるけれど、ぜんたいとして一体これがどういう本なのかどうも心許ない。自分のためにも整理が要ると思ってこの本を書くことにしました。

ぼくの現代語訳についてちょっと話しておきましょう。

ぼくは国文学の専門家ではありません。古典なんて注釈書と辞書がなければ一行も読めない。『古事記』の本文は変則的な漢文（つまり中国語の文語）で書かれています。これを日本語として読みくだすのがまずむずかしい。しかしこれは江戸時代に本居宣長が『古事記伝』という標準的なテクストを用意してくれたのでこれが使える。しかしそれでもわからないことだらけ。そこは西郷信綱先生の『古事記注釈』に頼って、語義やセンテンス、パラグラフの意味を知り、更に今の言語学や歴史学、考古学などの成果を援用した重層的な読みを試みました。

その上で読みやすい文体を作るのが作家＝詩人としてのぼくの仕事になりました。

少しだけ例を挙げてみれば、イザナキとイザナミが出来たてのオノゴロ島におりて、互いに向き合う場面——

イザナキとイザナミはその島に降りたって、まずは天の柱を立て、幅が両手を伸ばした長さの八倍もあるような大きな神殿を建てた。

そこでイザナキがイザナミに問うには――

「きみの身体はどんな風に生まれたんだい」と問うた。

イザナミは、

「私の身体はむくむくと生まれたけれど、でも足りないところが残ってしまったの」

と答えた。

それを聞いてイザナキが言うには――

「俺の身体もむくむくと生まれて、生まれ過ぎて余ったところが一箇所ある。きみの足りないところに俺の余ったところを差し込んで、国を生むというのはどうだろう」

と言うと、イザナミは、

「それはよい考えね」と答えた。

そこでイザナキが言うには――

「では、今から二人でそれぞれこの天の柱を右と左から廻《まわ》って、向こう側で会ったところで性交ということをしてみよう」と言った。

「きみは右から行って。俺は左から行くから」

そうやって柱を廻って、反対側で会った時、まずイザナミが、

「ああ、なんてすてきな男」と言い、その後でイザナキが、

「ああ、なんていい女なんだ」と言った。

だいたいこんな感じです。

しかし昔の話なので現代語に移してもまだ意が足りないところがある。あるいは今はない道具や習慣が出てくる。そういうことを補足的に説明するために訳注という方法があります。外国文学の訳では割り注といって二行に割って（……）の中に入れることがありますが、これは美しくないし長い注だと話が途切れる。

別の方法としてさりげなく本文に織り込んでしまうというのもある。しかしこれでは本文が間延びする。ぼくの考えでは『古事記』の文章は速いのです。この時代の人の心はためらうことなくさくさくと進む。そこに余計なものを入れたくない。そこで説明したいことは脚注にすることにしました。これだとその言葉の真下に置くことができる。視線を下ろせばそこにある。そんなことはどうでもいいから先を読みたいという読者は脚注など無視して進めばいい。

脚注の一例です。前の引用の「性交」という言葉について（これを「性交ということ」としたのはこれが世界で最初の性交だからです。いわば定冠詞が付く）——

性交　原文は「みとのまぐわい」。「まぐわい」は視線を交わすことで、お互いを見て好ましい相手として選び、次の段階に進む（近代ならば「お見合い」という言葉に残っている）。「みと」の「と」は「その場所」の意。「ホト」と同じで女性器かもしれない。

その他にも固有名詞の表記や煩瑣な系図の表しかたなどいろいろ工夫をしました。

ぼくの『古事記』に関わる仕事は現代語訳の他にもう一つあります。

これだけ詳しくなったのだから、これを素材に小説を書いてみたい。できれば誰か一人を選んでその伝記の形であの頃の日本の全体像を描きたい。神話・伝説が歴史と絡み合ってだんだんに歴史に収斂してゆく様を表現したい。

そうして書いたのが『ワカタケル』です。

ワカタケル、正しくはオホハツセワカタケルノミコト（大長谷若建命）、後の呼びかたならば二十一代雄略天皇。この人を選んだのは彼が性格がくっきりして、いわばキャラが立っていることと、彼の時代すなわち五世紀後半が神話から歴史への転換期にあたっていたからです。彼が実在したことには考古学的な裏付けがある。キャラ立ちについては『日本書紀』が「大悪天皇」とも「有徳天皇」とも呼んだことでもわかります。

この小説を書くにあたっては『古事記』だけでなく『日本書紀』や中国と韓半島の史料、現代の啓蒙的な歴史書などたくさんの参考書を使いました。

この時のお勉強の成果はこの『古事記ワールド案内図』にも反映されるはずです。

古事記ワールドへのぼくの案内は専門家のように細部まで精緻に固めたものではなく、ぜんたいを大づかみに見るものです。いわば鳥瞰図。テーマパークを訪れた人が手に手に持っているあれですね。

これを手に古代日本への旅に出てください。

＊ぼくの現代語訳でもこの本の中でも、神の名・人の名、地名、歌謡などは旧かなで表記します。「スサノヲ」であり、「思ふ」です。そうしないと例えば二十四代天皇仁賢と二十三代の顕宗の名「オケ」と「ヲケ」が区別できないことになります。面倒でも慣れて下さい。

＊この本には同じ詩やエピソードが何度か重複して出てきます。それぞれ違う文脈の中にあると思って許容してください。だいたい昔話は繰り返しが多いものです。

第一章

入口での戸惑い

一覧表と系図

あなたが『古事記』を読もうと志したとしましょう。

（以下、ぼくの現代語訳を基本テクストとします。）

本を開くと最初に「太安万侶《おほのやすまろ》の序」というのがある。本文ではないようなのでこれは後回し。

「上巻」に入ると「はじまり」に――

天と地が初めて開けた時、高天《たかま》の原《はら》に生まれたのは、
天之御中主神（アメノ・ミナカヌシのカミ）と
高御産巣日神（タカ・ミ・ムスヒのカミ）、
そして
神産巣日神（カミ・ムスヒのカミ）、
の三名の神たちであった。

とあって、その先に神の名がたくさん出てきます。ずいぶん行ってからイザナキとイザナミという男女の神が登場して、天から降りて島を作り、そこで性交をする。そして二人は

島をたくさん生む。その後で神たちをこれまたたくさん生む。島も神も名があってそれが延々と羅列されます。

このあたりで普通の読者は戸惑うでしょう。

なんだか一覧表の多い本だと思って先へ進むと、やがてようやく物語らしい展開になります。イザナミは火の神を産んで、その火傷で死んで黄泉の国へ行く。イザナキが連れ戻そうと行ってみるが失敗、這々の体で地上に戻って、そこで川の水に汚れを流す禊ぎをするとその身体からたくさんの神が出てくる、というところでまたも一覧表。

その果てにアマテラスとツクヨミ、スサノヲという三人の神が生まれて、イザナキはとても喜びます。

この先でも一覧表はいくつも出てきます。

やがて一覧表は親から子や孫への関係を書いた系図になります。父となる男は一人でも妻が何人もいてそれぞれに子を産むから一族の数はどんどん増える。

一つの例として十五代応神天皇（ホムタワケ）の場合を見てみれば――

品陀和気命《ホムタワケのミコト》は軽島《かるしま》の明宮《あきらのみや》に住んで天下を治めた。

この天皇は、
品陀真若王（ホムタ・マワカのミコ）の三人の娘を妻とした。すなわち――
高木之入日売命（タカキ・ノ・イリ・ヒメのミコト）、次に
中日売命（ナカツ・ヒメのミコト）、次に
弟日売命（オト・ヒメのミコト）。
なお、この三人の父である品陀真若王《ホムタマワカのミコ》は
五百木之入日子命（イホキ・ノ・イリ・ヒコのミコト）が、尾張の連《むらじ》の祖先である、
建伊那陀宿禰（タケ・イナダのスクネ）の娘、
志理都紀斗売（シリツキ・トメ）を妻として、生んだ子である。
三人の妻のうち、
高木之入日売《タカキノイリヒメ》が生んだ子は――
額田大中日子命（ヌカタのオホ・ナカツ・ヒコのミコト）、
次に
大山守命（オホヤマ・モリのミコト）、次に
伊奢之真若命（イザ・ノ・マワカのミコト）、次に妹の
大原郎女（オホハラのイラツメ）、次に

高目郎女（コムクのイラツメ）。以上五名。
中日売《ナカツヒメ》が生んだ子は――
木之荒田郎女（キ・ノ・アラタのイラツメ）、次に
大雀命（オホ・サザキのミコト）、次に
根鳥命（ネトリのミコト）。以上三名。
弟日売《オトヒメ》が生んだ子は――
阿倍郎女（アベのイラツメ）、次に
阿具知能三腹郎女（アハヂノミハラのイラツメ）、次に
木之菟野郎女（キノウノのイラツメ）、次に
三野郎女（ミノのイラツメ）。以上五名。
また、天皇が
丸邇之比布礼能意富美（ワニ・ノ・ヒフレ・ノ・オホミ）の娘、名は
宮主矢河枝比売（ミヤヌシ・ヤカハエ・ヒメ）を妻として生んだ子は、
宇遅能和紀郎子（ウヂ・ノ・ワキのイラツコ）、次に妹の
八田若郎女（ヤタのワキのイラツメ）、次に
女鳥王（メドリのミコ）。以上三名。

……

とまだまだあって、「この天皇の御子たちは、合わせて二十六名いた」で終わる。この中の大雀（オホ・サザキ）が父を継いで十六代仁徳天皇になる。

この時代の人たちにとって、いや後の世でも名門とか名家と呼ばれるような人たちにとって、系図はとても大事でした。

しかしこれのせいで『古事記』はとても読みにくいものになっています。

ぼくの訳では右に見るように改行を増やし、ルビなど読みかたの表記も工夫してせいぜい読みやすくしましたがそれでも煩雑には違いない。

そう思ったら読み飛ばしていいのですが、丁寧に読むとそれなりに意味があることがわかります。

『古事記』は歌の引用が多いのも特徴です。後の世の和歌のような短いものではなく、何行も、時には何十行もある長い歌がたくさん出てくる。軽皇子《かるのみこ》と軽大郎女《かるのおほいらつめ》のところのように応答になっている場合もあります。

ごく短いのをお見せしよう。十六代仁徳天皇（オホ・サザキ）が髪長比売という美女に送った歌――

道（みち）の後（しり）　古波陀嬢子（こはだをとめ）は
争（あらそ）はず　寝（ね）しくをしぞも　愛（うるは）しみ思（おも）ふ

街道の果てにある古波陀の乙女は、
嫌とも言わず共に寝てくれた。
そのかわいさよ。

歌と言ってもメロディーは伝わっていないから後世の読者にとっては詩と同じです。それでも朗唱くらいできるように原文にひらがなの読みを添えました。どれも丁寧に読むと実にいいものなのですが、物語性のある地の文の中に詩が入ってくるとどうも読みのリズムが狂う。ストーリーの流れに乗り切れない。

ぜんたいとして『古事記』は散文と詩と系図、というまったく異なる三種類の文から成っています。これは文学作品としてぼくたちが見慣れているものとずいぶん違う。それでも文学的滋味はたっぷりある。だから途中を勝手に飛ばし飛ばしでも人はこれを読むし、楽しむことができるのです。

『古事記』は文学作品か

ではぼくたちが普通に読める物語とはどういうものでしょうか。

日本の文学史で最初に出てくるのは『竹取物語』です。これが『古事記』の二百年ほど後。

『古事記』に比べると『竹取物語』は話の首尾が一貫していて、淀むところがありません。和歌も入るけれどその数は多くはない。

ぼくなりに要約すればこの話には二つの主題があります。一つは何かの理由で地上に降りた天女がいろいろな試練を経てやがて月に帰るというもの。彼女は月の世界すなわち天上界で何か罪を犯して罰として地上に送られる。天女ですから魔法の力を備えていて竹取の翁の家に富貴を齎《もたら》すこともできる。しかし地上で長く暮らすうちに次第に人間に近くなって魔法の力は弱くなる。だから庫持御子の持って来た偽の宝物を偽と見破れない。このかぐや姫の地上滞在には一つ条件があって、それは結婚しないでいる、処女のままでいるということらしい。これを満たせないともう月には帰れないのでしょう。

もう一つの主題は民話によくある婿入りの試練の話。

五人の求婚者は与えられた課題にみんな失敗します。婿入りの難問で思い出すのは『古事記』の上巻でスセリビメを妻にしたいと申し出たオホナムヂに父のスサノヲが与えた試練です。かぐや姫の五人の求婚者は敗退するものの、その先には天皇のお召しという危難が待ち構えていた。勅命は断れません。もはや絶体絶命というところで月からの使者が来て彼女を連れ戻すのですが、そこでも姫は地上に未練があるようすで、使者は「さあ、かぐや姫よ。どうして穢れたところにいつまでもおられるのか」と急かす。そして富士の山から雲へと昇る煙の場面で話は終わる。

これならばその後に書かれたすべての物語と同じようにすらすらと読むことができます。

これが文学作品の基本形だとすれば『古事記』はずいぶん違う。

書き手が未熟だったということはあるかもしれません。むしろ文学という形式そのものが未発達だった。『竹取物語』から百年もたたないうちに『源氏物語』が書かれたことを思えば、進歩は急速だったと言えるでしょう。

『古事記』は歌謡や系図を無視して物語部分だけを取って見ても未発達で不器用です。骨ではなく肉の部分は滋味があると書きましたが、エピソードの一つずつはとても短い。かぐや姫のような一貫した流れになっていないのでストーリーに身を任せるのがむずかしい。

話の一つ一つはおもしろいのにそれがモザイクになっているので興が続かない。

なぜ『古事記』はこれほど読みにくいのか？

まっすぐに言ってしまえば文学作品ではないからです。

少なくとも『竹取物語』のような意味での文学作品ではない。

「太安万侶の序」を見てみましょう。彼は四十代天武天皇の命令でこれを書いた経緯をこう記しています——


そこで天皇が仰せられるには——

私が聞いたところでは、みなみなの家に伝わる帝紀と旧辞は今では事実を離れてずいぶん嘘が混じっているということだ。今のこの段階で正さなかったら、何年も経たないうちに本来の姿は失われてしまう。帝紀と旧辞は国家の基礎である。だからこそ今ここで帝紀を一書にまとめ、旧辞を詳しく調べて、間違いを正し真実を確定、後の時代に伝えたいと考える、と仰いました。


これがこの本が書かれた理由です。目的は帝紀と旧辞の間違いを正すこと。そのためにそれぞれの家にある文書を一箇所に集めて突き合わせ、矛盾を解決し、正統性のある書物を作る。この当時の社会は天皇家を中心とする豪族たちの連合で成り立っていました。天皇制は絶対王制ではないので大きな政策や制度の変更、皇位の継承などには豪族たちの意見が大きな力を持ちました。

政治が安定するには豪族たちの協力が要る。そこで有力な豪族と天皇家を姻戚関係で結ぶ。それを一覧にしたものが系図です。豪族を天皇家の分家として、格の高い家ほど早い段階で分かれたとする。新参者は格が低い。徳川家が大名を親藩と譜代と外様に分けたのに似ています。

例を挙げましょう。ヤマトタケルには六人の妻がいました。そのうちのそれぞれ母の違う三人の子について――

イナヨリワケは、
犬上（イヌカミ）の君、
建部（タケルベ）の君、などの祖先。
タケカヒコは、
讃岐の綾の君、

伊勢の別、
登袁の別、
麻佐の首、
宮首の別、などの祖先。
アシカガミワケは、
鎌倉の別、
小津石代の別、
漁田の別、の祖先である。

としています。これらの諸族は元を辿ればヤマトタケルに繋がることが明らかになる。ここで「君（キミ）」、「別（ワケ）」、「首（オビト）」などは姓（かばね）と呼ばれる称号で、「別」は中央から分かれて地方に下った場合に授けられたものらしい。歴代の天皇の中にはワケを名に持つ者が六名いました。十二代景行はオシロワケ、十五代応神はホムタワケ、十七代履中はイザホワケ、十八代反正はミヅハワケ、二十三代顕宗はイハスワケ、そして三十八代天智はヒラカスワケ、という具合。

だから系図は個々の天皇についてのエピソードよりも大事と言えます。いわば皇統の骨格、エピソードの類は肉か皮にあたる。

しかし読みにくい。省略されるか読み飛ばされるのが普通です。ぼくはそれでも読もうという読者のために字の排列を工夫してせいぜい読みやすくしましたが、ただの表であることに変わりはない。しかしこれが『古事記』の基礎なのです。

太安万侶の役割

「序」を書いた太安万侶さんは実在の人物でした。

一九七九年、奈良の茶畑でお墓が見つかって、飛鳥時代から奈良時代にかけて生きた貴族だったことがわかった。

その墓誌には

左京四條四坊従四位下勲五等太朝臣安萬侶以癸亥
年七月六日卒之　養老七年十二月十五日乙巳

とありましたが、彼が『古事記』を執筆ないし編纂したということは書いてない。

さらに「序」そのものが後世に付け加えられたもの、つまり偽書という説もあります。

しかし『古事記』は現存する。誰かが作ったのは間違いないから、その人物を太安万侶という名で呼ぶことを避ける理由はありません。実際にはぼくは編纂委員会のようなものがあって何人かが力を合わせたのではないかと想像しています。（ちなみに『日本書紀』は川島皇子（天智天皇の第二皇子）以下十二名のスタッフが執筆に当たったとされています。）「誦習」者として参加したとされる稗田阿礼《ひえだのあれ》のポジションについてはまた先の方で考えましょう。

太安万侶が成したことの中でもっとも大きいのは表記法を確立したことです。基本は漢文、しかし日本語の発音を表したい時は漢字の意を捨てて音だけを用いる。

安万侶さんは言います――

古い時代には言葉もその意味もみな素朴でしたので、それを文章にして漢字で記すのはまことに困難なことであります。
漢字の訓だけで綴ると真意が伝わりません。
音だけで綴るとただ長くなるばかり。
そこで、この書では、
ある場合は一句の中で音と訓を混ぜて用い、

ある場合は訓だけで記すことに致しました。

つまり、日下と書いて読みは玖沙訶《くさか》としたり、帯の字を多羅斯《たらし》と書くという具合。

この方法は後に整備されて万葉仮名になり、さらにそこからカタカナとひらがなが生み出されました。こうして中国語とはまったく別系統の日本語という言語を書き記すことが可能になったのです。その恩恵は一千三百年後の今に及んでいます。複雑で習得がむずかしいと初学者（だいたい外国人）は愚痴を言いますが、しかしその分だけ表現力がある。漢字の訓読みを発明して音読みで補い、それとカタカナとひらがなを使い分け、そこに振り仮名という便法まで用意されている。

こういうことすべてが『古事記』から始まったのです。

固有名詞の表記

『古事記』には地名や人名、歌謡がたくさん出てきます。この本では、これは原則として歴史的仮名遣いで書きます。「スサノヲ」とか「オホナムヂ」、「ヌナカハヒメ」とする。

神や人の名には意味があります。それがわかるよう、最初に出た時には「天之御中主神

（アメノ・ミナカヌシのカミ）」というように漢字表記にカナの読みを添え、それを意味がわかるよう「・」で区切りました。天の真ん中にいる神。二十一代雄略天皇ならば「大長谷若建命（オホ・ハツセ・ワカ・タケルのミコト）」は長谷というところにいる若くて元気な方。ただしこの本では簡略化しています。

天皇の呼び名について。この本でぼくは「二十一代雄略」などと書いていますが、この漢字の天皇号は『古事記』の時代にはなかったものです。ずっと後になって倭国が日本と呼ばれスメラミコトが天皇と呼ばれるようになった時に制定されたので、本人が生きていた時はあくまで「オホハツセワカタケルのミコト」でした。しかしこれではあまりに煩雑なので天皇という言葉は使うことにしました。

第二章

創世記

世界の始まり

生き物は動物でも植物でもまずもって個体です。自分があってそれで全部。

五感を通じて入ってくる情報だけで世界図を作ってそれ以上は知らない。

マダニには視覚も聴覚もありません。嗅覚・触覚・温度感覚だけ。木の上でじっと待っていて下を哺乳動物が通ったら臭いでそれと察知し、ポトリと落下して毛皮の中に入り込んで血を吸って地面に落ちる。そこで産卵して死ぬ。生まれた子は生育して交尾を終えると木に登って何年でも哺乳動物が通るのを待つ。

個体であるとは本来そういうことです。主観のみ。

しかし人間は想像力によって自分を含む広い世界を構想し、その中に自分を位置づけて、この客観の図に従って生を営む。この図は空間の拡がりだけではなく時間をも含みます。過去と未来がある。更に他の個体と言葉によって知識と意思を交換して集合的かつ精密な世界図を描く。常に主観と客観の間を行き来してものを考えている。相手に見えている自分を想像する。これが社会の意識です。

人間は世界の始まりを考えます。あるモノがあるについてはその始まりがあったはずと考え、知っていれば思い出し知らなければ想像する。自分の子が目の前にいるのはかつて誕生したからであり、その前には性交があった。そこは因果律でつながっている。それを知らない人間社会はたぶんないでしょう。

世界がある以上、世界は作られた。ではどうやって？

子供がしつこく「どうして？　どうして？」と聞きます。根問いといいますね。子供は自分なりの世界図を作らなくてはならないから、この大きなパズルのピースを一つまた一つと大人にねだるのです。大人は一般的な問いの答えを用意しておかなければならない。「どうして朝になるとお日さまが出るの？」に対する答えは容易ではありません。この種の問いの究極が「どうして世界はあるの？」です。

昔、幼かったぼくの長女は大風の日に「木が扇ぐから風が吹くんだ」と勝手な答えを自分で作っていました。

どの民族にも、と言っていいかどうかはともかく、世界中いたるところに「創世記」と呼ばれる神話があります。

中国でなら盤古の話。初め天と地は未だ分かれず世界は狭くてとても暮らしにくかった。そこへ盤古が生まれ、育つにつれて肩で天を押し上げて隙間を作り、一万八千年後に今見るような拡がりができた。後に死んだ盤古の身体から万物が生まれた、二つの目からは太陽と月が、息からは風が、血からは川が、体毛からは草木が、という具合に。天と地は初めは一緒だったのにやがて分かれた。これを天地開闢《かいびゃく》と呼びます。

科学史家のサイモン・シンは『宇宙創成』の中でこういう愉快な話を紹介しています

——

西アフリカのトーゴに住むクラチ族には、広大な青い神ウルバリの物語がある——われわれにとっては「ウルバリ」と言うより、「空」と言うほうがわかりやすいだろう。かつてウルバリは地面のすぐ上に横たわっていた。ところが、（脱穀のために）長い棒で穀物を叩《たた》いていた一人の女がしつこく彼をつつくので、ウルバリは煩《わずら》わしいこの女よりも高いところに上がった。しかしまだ人間の手が届くところにいたので、人間どもはウルバリの腹のあたりを手ぬぐい代わりにし、青い身体《からだ》を削り取っては薬味としてスープに加えた。ウルバリはじりじりと高いところに上がっていき、やがて青空になって人間は手が届かなくなり、そのまま今日に到っているのだという。

ユダヤ人が伝える『旧約聖書』の話はぜんぜん違います。

いちばん初めに唯一絶対の神「エホバ」がいて、すべてを作ったというのです。エホバがそう思い立った時には闇しかなかったので、まず光を作り昼と夜を分けた。これが一日目。天を作ったのが二日目。大地と海と植物を作ったのが三日目。四日目には太陽と月と星を作り、五日目に魚と鳥を作り、六日目に獣と家畜を作り、自分に似せて人間を作った。七日目は休憩つまり安息日。人間が神に似て作られたのは別格の被造物として自然を管理するという役割を負わせるためです。

エホバは全知全能で、こういう絶対神は他にはいません。世界に先だって存在し、意図のままに世界を作った。だから世界のありように対してエホバには責任がある。すべての悪にはエホバの中に説明があるはず。しかし人間はそれを推測することはできても知ることはできない。

高天の原に三人の神が生まれた

日本の場合も天地開闢と言えるでしょう。『古事記』の原文では一行目に「天地初発之時」とあって本居宣長はこれを「天地初めて発《ひら》けし時」と読みました。天と地が自ずから分かれてそれぞれになった時ということです。これが始まりで、そこに絶対神の介在はなかった。自ずから別々になったのです。この「なった」という言葉を覚えておいてください。

その時、「高天《たかま》の原」に（ぼくに言わせれば忽然と）三人の神が生まれたと『古事記』は言います。その名は天之御中主神《あめのみなかぬしのかみ》・高御産巣日神《たかみむすひのかみ》・神産巣日神《かみむすひのかみ》。名前は大仰ですが実体がわからない。この三人は対となる相手のいない独り神で、そのためかすぐに消えてしまいます。あるいは初めから姿のない神です。その後に十二名の神が生まれ、最後にイザナキとイザナミが生まれた。この「生まれた」は「産まれた」ではなくむしろ「生じた」という感じですね。あるいは「生えてきた」。

大事なのは「高天の原」という言葉です。原とある以上はどこか特定の場所であり、それは天である。あるいは天にある。そしてこれが「地上の王権の正統性が神話的にそこに由来すると考えられた天上の他界」だと西郷信綱先生は言われます。『古事記』という書物が書かれた理由、それは地上の王権すなわち天皇制が正統なものであることを論証するためなのです。

これは中国から来た考えの反映かもしれません。おとぎ話のような盤古のことはともかく、後の王朝の皇帝は自分の権威の根拠を天に求めます。天は人の上にあるもの（**天**の字は人という字の上に方位を示す一。それに対して**上**の字は単なる「↑」の意）であって倫理の規範です。天は上にあって人を見ている。いわば鳥瞰を超えた天瞰の視点です。だから人間は善く生きなければならない。とりわけ皇帝は天の監視のもとで善き政治をしなければならない。これに違反すると災害や天変地異が起こる、というのはつまり警告です。行いを改めないといよいよ悪いことが起こる。それをきっかけに皇帝や王朝が交代するのが本来の革命の意味です。

「なる」という発想

高天の原はなぜ上の方にあるのか。

地面は水平に広がっており海もどこまでも平らに見えます。神話的な別格の場所を地上や海の上に措定したのではその別格感が伝わらない。人間が自力では行けないところとなるとどうしても空の上ということになるでしょう。上向きのベクトルを逆転して地下世界も考えられるけれど、どうもこちらは暗いし冷たいし、あまりありがたみがない。これは死者が行くところ、黄泉の国になりました（黄色い泉と書くのは漢語の表現です）。ここへは坂を下ってゆくらしい。坂《さか》は境《さかい》です。他界との境界。

人間の視点はまず自分が踏んで立つ地上にあって、その上方に抽象的な権威の源泉として天を作り、対称として下方に黄泉の国を構想したのでしょう。上を見る、下を見る、意図して首を動かして視線を上下に振ることで生まれる他界です。

ユダヤ教では大地も動物も植物も人間もすべてエホバが作った。

では日本では誰が動物や植物や人間を作ったか?

作られたのではない。勝手に生まれたのです。

大地はイザナキとの性交で懐胎したイザナミが「産んだ」と言えるでしょう。それが大《おお》八島国《やしまぐに》すなわち淡路島・四国・隠岐・九州・壱岐・対馬・佐渡・本州。その他に小さい島もいくつか産みました。その後で今度は三十五名の神々を産んだ。そして火の神カグッチを産んで火傷で亡くなり黄泉の国に行った。

嘆いたイザナキが腹をたててカグッチを斬るとそこからたくさんの神々が生まれます。

妻を連れ戻しに行ったイザナキが失敗して戻って、汚れたところへ行ってきたと言って川で身を清めると身に付けたものや身体のあちこちからまた神々がどんどん生まれ、最後にアマテラスとツクヨミとスサノヲが生まれて、どうやらこの三名が願っていた「尊い子」らしく、イザナキは大いに喜びます。実質的な世界の運営者となるべき子たち。

「生まれる」、「生える」、「生る」、どれも他からの働きかけによるのではなくそれ自体が持つ力ないし性質によってこの世に現れることです。イザナキとイザナミが黄泉の国でいさかいになった場面で二人は普通の人間のことを「青人草《あをひとくさ》」と呼びます。人は草なのです。草のように生えてくる。

「生る」は日本人にとってモノの変化の基本原理を表す動詞です。

「生る」はまた「成る」でもあります。

「なる」。桃の実がなる。子供が大人になる。計画がダメになる。

それはそれ自身の中にあるものの発現です。籾の中にある力が稲を発芽させ、穂がつくまで育てる。

外からの働きかけないし策動によるものではないから、そこには功労者もいないし責任者もいない。すべてはただ「なる」のです。

「する」という能動的な動詞の方は出番が少ない。

精霊を透かし見る自然観

ここにぼくは日本列島の気象条件を重ねたくなります。

温帯で気温が高くて雨が多い。

草も木もどんどん生えてきて育つ。

森羅万象の個々のアイテムに初めからそういう力が宿っている。

その一つ一つを神格化するから八百万《やおよろず》の神ということになる。敬えば御利益があり蔑ろにすれば祟りがある。

つまりアニミズムです。目の前にある事物の背後に精霊を透かし見る自然観。

神道はそれを組織化・体系化して宗教らしく仕立てたものと言えると思います。日本の自然が豊かでしかし脅威にも満ちていたから（地震・津波・噴火・台風などなど）、それが日々の暮らしのすぐ近くにあったから、祭礼や儀式を通じて願いを伝えたり宥めたりしようとする。

個人の救済という考えかたはアニミズムにはありません。だから仏教のような大きな宗教が入ってきてしかもそれが鎌倉期に個人救済の色をおびて組織化されると神道は影が薄くなります。

仏教と神道の違いを目で見てわかろうとすれば法隆寺と伊勢神宮に行ってみるのがいいでしょう。法隆寺の建物は正に精緻です。木材を組んで立てた五重塔は遠くから遠望しても近くに寄って仰ぎ見ても美しい。張り出した軒を下から支える組物と呼ばれる部分の複雑な細工は人知の極みとも見え、それはそのまま仏教という思想体系の可視化でもある。

対して伊勢神宮は極端に簡素です。白木の材を組んだだけで瓦もなければ礎石もない。ないのではなく瓦と礎石を拒んでいるのです。法隆寺のような文化とまともに張り合ったのでは勝ち目はない。だから逆を行く。

白木の建物は当然ながら長持ちしません。そこで二十年ごとに建て替えるという逆転の発想で権威を表明してきました。

それはつまり神社が二十年ごとに地面から生えてくるということでしょう。実際に使われる材のもとになる木は陽光と雨の力で山に生えてきたものですから、あながち間違いではない。最小限の加工で神社にする。

エホバの神は沙漠の民が考案したものです。

沙漠には草や木は生えてきません。

人間が作らなければ何もない。だから世界も誰かが作らなければ存在しなかった。そういう考えの筋からユダヤ教は生まれたのでしょう。

実際、自然界にあるものはよくよく観察すると実に精妙で、目的をもって設計されたとしか思えないものです。設計したのは全知全能の神ないしエホバ。生物学が発達して動物の身体の仕掛けがだんだんにわかってきた時、眼のような精緻な光学的な器官が自ずからできるはずがない、と信仰篤い人々は言いました。

つまり進化論の否定ですね。

しかし今の進化論は眼の誕生を反論の余地なく説明します。

生物はそれ自身に備わった力で環境に合わせて自分を変えてゆくことができる（その背後にはとんでもない数の絶滅があるのですが）。これが進化論です。

結局のところアニミズムはそう悪い考えではなかったのではないかとぼくは思います。ただこれは人間を無責任にする。「した」のではなく「なった」のだから誰のせいでもない。日本で暮らしていると思い当たることが多いですね。

ぼくが『古事記』をテーマに書いた『満天の感情』という詩集の中の一つをここでお目にかけます――

反創世記

ぼくは違うと思います
作ってもらった覚えはありません
ぼくたちは生まれた
勝手にどんどん生えてきた
ぽこりぽこり

どんどんみしみしわしわしぎっちりうじゃうじゃ
押し合いとへし合い

あの人が川で身体を洗った
それがきっかけ、と言うのもいいですよ
でもともかく至るところから生えるんですよ、ぼくたちは
とうぜん場所の取り合いになる
そこをなんとかすり合わせて
境界線を譲り合って
協定なんか作って
やってゆく

生んでくれなくても生まれてしまう
種の中のバネが弾ける
芽を出し根を伸ばす
あるいは胎からぽんと飛び出す

すぐに立って走り回る
ヒトはそれが遅いけれどだいたいは育ちます
みっしりびっしり
出自と由来の物語をやったり取ったり
連理の枝を互いに繋ぐ
埋められるかぎりの隙間を埋める
密の密の密になるしかない
密林、美しい

だって日は照るんだから
雨は降るんだから
風だって吹くし
生まれて生えて育たないわけにはいかない

第三章

神々

姿が見えない神

本居宣長によれば神とは「人はもちろんのこと、鳥・獣・木・草など、その他なにであれ、尋常でなくすぐれた徳があって可畏《かしこ》いもの」です。

ここで「徳」は力ないし働き。「かしこい」は畏と敬の二つの意味が重なった言葉です。神主さんが祝詞をあげる時に何度となく「かしこみかしこみ」と称えるのは神を「敬って恐れて」申し上げますということでしょう。

アメノミナカヌシなどいちばん初めに現れた神について、それぞれの紹介の終わりに「隠身也」とあります。ぼくがしばしば参照する『古典基礎語辞典』の「かみ」の項で大野晋さんはこれについて、

日本の神話は時間的に展開することを全体的構想の軸としており、『古事記』の最初の神は「隠身」であったとある。従来それを「身を隠したまひき」と訓じているが、それではははじめは身体があったのに、それを隠したことになる。これは「隠り身にましましき」と訓むべきで身体が見えなかったという意である。

と書いています。

見えないことが属性であった。

自然物がそのまま神となった場合もたぶん姿は見えないでしょう。

イザナミが産んだ神々の一人に**シナツヒコ**がいます。

これは風の神つまり神格化された風であって、当然その姿は見えません。クリスティナ・ロセッティが書いて西條八十が訳詞を作った「誰が風を見たでしょう」という童謡を思い出しましょう。シナツヒコは「風の吹き出すところの男の神」という意味です。

姿は見えなくても働きはある。

ぼくが好きな古代の祝詞に「六月《みなつき》　晦《みそかの》　大祓《おほはらへ》」というのがあります。

人々が生きて暮らしていると何かと罪が積み重なる。ここで言う罪は個人としての道義的な罪ではなく社会の中に生じた過ちや事故や災害などを指します。これを半年ごとに浄めるために国家的なお祓いをする。その六月の回の祝詞です。儀式によって集めた国中の罪を神々に委ねる——

　神の子孫である天皇の朝廷はおろか天下の国々のいかなるところにも罪という罪が一切ないようにすべく——

科戸《しなと》の風が天の八重雲を吹き放つように、
朝霧と夕霧を朝の風と夕べの風が吹き払うように、
港にいる大船の舳先の綱を解き、艫の綱を解いて大海原に押し放つように、
遠いところの繁った木の根元を焼き入れした鋭い鎌で打ち払うように、
と、いかなる罪も遺さない覚悟で祓いまた清めるならば、
その罪は高山、低山の端から奔流となって落ちる速川の瀬におられる瀬織《せおり》つひめという神が大海原に持ち出して下さる。
持ち出して下さるならば、荒潮の潮の八百道《やほぢ》の潮の八百会《やほあひ》におられる速開《はやあき》つひめという神が一息に呑み込まれる。
呑まれた罪は息吹戸《いぶきと》におられる息吹戸主という神が根の国・底の国に向けて吹き出してくださる。
かくして吹き出された罪は、根の国・底の国におられる速《はや》さすらひめという神が持ってさすらい消滅させてくださる。
「六月の晦の大祓」（池澤訳）

これら四名の神々はそれぞれ速い瀬や荒潮や風や速い働きの化身です。ダイナミックに動くけれど姿はない。

神は時には何かに姿を借りて人の目に見えるようになることがあります。

ヤマトタケルが東国の反抗的な豪族を征服に行って戻る時、美濃と近江の境にある伊吹山の神を討とうと山に向かいました。伊吹は息吹、風のことで、ここは強い風が吹くことで知られた土地でした。

山の途中で白い猪に出会った。ヤマトタケルはこれは神が遣わしたものだから帰路に退治すればいいと言ってそのまま先へ進みました。すると烈しい氷雨が降ってきて意識が朦朧となった。身体から力が抜けて歩くのもおぼつかない。ようやく山を下りたところで彼は、昔は元気いっぱいだったのに今は歩く力もないと嘆きました。目に見えた白い猪は神が遣わしたのではなく山の神自身だったのに、それを間違えてしかも間違いを口にした。だから力を奪われた。

ヤマトタケルはこの後、伊勢の能煩野《のぼの》まで行ってここで亡くなります。

自然神は抽象的で超越的ですが、神の多くはもっと人間に近くそれぞれに性格を持っています。

イザナキとイザナミについてはここまでにも書いてきました。この後に出てくる神は自然の神格化ではなく、ずっと人間らしくなります。思いや考えがあり、行動するし、怒り、泣き、愛し、嫉妬もする。彼ら同士の関係や事件をもっぱら語るのが神代（『古事記』の上巻）で、中巻・下巻では神が人間に働きかける話が多くなります。

恋の話はたくさんありますが、求婚とその成就が多いのはそれが政治システムの基礎になるからでしょう。子の地位はまず父が誰か母がどの家の出かによって決まります。相手がよい家柄で顔が綺麗であればそのまま恋になる。

日本の神々はギリシャ神話の神たちほど性において奔放ではありません。そういう話が出てくるのはむしろ人間の時代になってから、つまり中巻・下巻で天皇とその周辺の人々のふるまいが語られるようになってからのことです。どこそこに美女がいると聞くと使いを出して参内させる。そのはずがその使いの者が美女を横取りしてしまう。あるいは美人と不美人がセットで来たのを不美人の方は返してしまう。

イザナキとイザナミ

神々に話を戻しましょう。

まずは創世神、**イザナキ**と**イザナミ**。

この二人はこれまでも何度も登場しています。

いちばん初めに自《おの》ずから生まれた十五名の神につづいて生まれた二人。

協力して世界最初の性交を行い島々と神々を産んだ。

この二人の名について。

古代でも神の名・人の名には意味があります。

イザナキ・イザナミは共に相手を性交に誘《いざな》うという意味。実際、二人は天から降りてオノゴロ島に立った時、互いを見て「なんてすてきな男」、「なんていい女」と魅力を言葉で確認してからことを行います。命名はそれに先んじて二人がするべきことを示唆しています。

この二人の仲は互いに惹かれ合っているけれども恋ではありません。自分の相手としての資格を確認するだけで、そこには選ぶという行為がない。恋はまずもって多くの中から一人を選ぶことで、この二人の場合は他に候補がいなかった。

二人は順調に任務を果たしますが火の神カグツチを産んだところでイザナミは産道を焼かれて死んでしまう。そして黄泉の国に行く。イザナキは妻を迎えに行きますが、その理由は恋しいからというよりも「私とおまえで作っていた国はまだ作り終えていない。帰って来るべきだよ」という任務遂行の促しでした。イザナミはその気になりますが黄泉の国でものを食べてしまったのでそのままでは帰れない。黄泉の神と交渉するので待ってほしいと言って奥へ引っ込みます。なかなか戻らないのでイザナキは暗い中を櫛の歯を一本折って火を灯したのを明かりに見に行きます。待てと言われたのに待たない（禁忌と違反は神話ではしばしばあることです）。

イザナミは腐乱死体の状態でした。それを経て再生するはずだったのでしょう。それを中断されてイザナミは恥ずかしい姿を見られたと怒ります。怯えて地上へ帰ろうと逃げるイザナキを死んだ妻は醜悪な黄泉の女神たちに追わせる。夫は奇計を用いてなんとか地上との境までたどり着く。

追ってきた妻はそこで留まり、「これからは毎日千人の人（青民草です）を死なせます」という呪詛の言葉を発し、夫は「では千五百人が生まれるようにしよう」と返す。

この二人の関係はきっちり男女同等です。産むことを促すために男は性交を行い、女はそれに応じて妊娠・出産する。アマテラスたちに領域の分担を指示するなどイザナキは父としての責務も果たしています。これが古代日本人のジェンダー観でした。天の柱を巡る最初の発語を女の方がしたのが死産ないし流産の理由だったので次は男の方から言葉を発する。この男性優位の考えは中国由来ではないかと考えられています。

冥界に妻を迎えにゆくというテーマはギリシャ神話のオルフェウスとエウリュディケーとよく似ています。見るなの禁忌を犯したために回収に失敗するところも同じです。神話には遠い土地に似たような話があることが珍しくありません。

少し前に戻って、イザナキとイザナミの前に生まれた神々のうち、筆頭のアメノミナカヌシに次ぐ**タカ・ミ・ムスヒ**とカミ・ムスヒに注目します。「ムスヒ」は「ものの成り立ち出づること」と西郷先生は言います。ムスコ、ムスメ、草ムス、苔ムスなどの「ムス」も同じ。タカミムスヒは独り神とは言いながら男性的ないし父性的でカミムスヒの方が女性的ないし母性的であるようです。いずれも生成力の権化です。

この神は実はアマテラスより上位にあるらしく、高天の原で開かれた神々の会議の場では積極的に発言しています。この神の息子である**オモヒカネ**は「思う」ことの神、思慮分別の神と考えられます。アマテラスが岩屋に籠もった時に宴を開いて大騒ぎして誘い出すという計画を立てたのがオモヒカネ。また国譲りに先立って地上に送る使者を選んだのもこの神です。

太陽神、アマテラス

さて**アマテラス**。この名は「天にあって照る」の意。太陽神で最高位の神で、天皇家の祖先です。この神の子のオシホミミの子のホノニニギが地上の支配者となるべく遣わされました。子と言ってもアマテラスが産んだのではなく、後に述べるように持ち物から生じたのですが。

女性でしかも配偶者を持たない処女神が最高位にあるのは世界の神話でも珍しいことです。

『古事記』に武張った場面がすくないのはそのためかもしれません。どこの民族でも勝利者は武勲を誇るものですが、日本にはそれがほとんどない。戦士としての天皇の姿も現れない。わがままな弟のスサノヲが押しかけてくると聞いた時――

アマテラスは髪をほどいて男のようなみづら型に巻き直し、左と右のみづら、かづら、左と右の手首に、八尺《やさか》の勾玉・五百津《いほつ》のミスマルの珠を連ねた飾りを絡めて、背中には矢が千本も入る靫《ゆき》を負い、脇腹には矢が五百本も入る靫を着け、二の腕に竹の鞆《とも》を着け、弓の上部を握って振り立て振り立て、大地を両足でしっかと踏みしめて、泡雪を散らすように地面を蹴って、雄々しく叫んで強く問うには、「おまえは何のために昇ってきたのか?」と問うた。

と凜々しい戦闘美少女になるのですが、この先は武闘ではなく誓いを立てて子を生すという生成力の勝負になります。そしてスサノヲは勝手に勝利宣言をして狼藉のかぎりを尽くします。それを見たアマテラスは弟を庇いかねたあげく、怯えてか岩屋に閉じこもってしまう。最高神にしては気が弱い。覇気に欠ける。

この先でもアマテラスが独断でことを決める場面は少なく、なにかにつけて神々の衆議を仰ぎます。諸神を召集するのはタカミムスヒ。

乱暴者のスサノヲを捕らえてどう処置するか。これは会議で決められます――

そこに集まったありとあらゆる神々は会議を開き、スサノヲに罪をあがなう品々を載せた卓を千基用意させた。

葦原中国《あしはらのなかつくに》平定のために誰を地上に送るかも会議で決められます。しかしここでも主役はアマテラスではなくタカミムスヒです――

そこで高御産巣日神（タカミムスヒのカミ）がアマテラスの名のもとに八百万の神々を天安河《あめのやすのかわ》の河原に集めて会議を開き、思金神（オモヒカネのカミ）の知恵を求めた。タ

カミムスヒが言うようには、

「この葦原中国《あしはらのなかつくに》は私の子が治める国と定めた国である。だがこの国には猛々しく乱暴な国つ神どもがたくさんいるらしい。どの神を遣わして説得して服従させればいいだろうか」と言った。

どうもアマテラスは君臨すれども統治せずというイギリス型の君主であるらしい。

地上に向かった使節団が怪しい神（サルタビコ）に出会う場面でも、交渉役としてアメノウズメを指定して本人に伝えるのはアマテラスの意を体したタカギのカミ（タカミムスヒ）です。

その後でアマテラスは地上に遣わす者たちに鏡などを渡し「この鏡をそのまま私の魂と思って、私の前で拝むように大事に祀りなさい。オモヒカネはこれまでの経緯を踏まえて政務を執り行いなさい」と言います。

後は神武天皇の東征の途中で高倉下（タカクラジ）という男が「アマテラスとタカギの夢のお告げ」と言って剣を届ける場面があります。

これが『古事記』でアマテラスの名が出てくる最後です。

ツクヨミは三貴神の二番目ですが、月であるというだけでそれ以上の役割がありません。人格がなく風や潮と同じ自然神のよう。「読み」という語がついているのは月齢が読むものだからです。コヨミのコは日のこと。日を読むからコヨミ。

『古事記』ではほとんど人格がないのですが、『日本書紀』には地上に行って食物の神であるウケモチを訪れた時、ウケモチが口から出した食べ物を与えようとしたので汚らしいと怒ってウケモチを殺してしまった。するとその死体から牛馬・蚕・粟・稗・稲・麦・大豆・小豆が生じた、というエピソードがあります。この殺害にアマテラスがいたく怒ったので日と月は昼間と夜に分けて空に見えるようになったとか。

しかしほとんど同じ話を『古事記』ではスサノヲの所業としています。

出雲に行くスサノヲ

スサノヲは三貴神の三番目。その名は「すさぶ」という動詞に由来します。「行くも止まるも、好きも嫌いも、勝手に振る舞う意。自然の赴くままにする意」と『古典基礎語辞典』にはあります。

その名のとおりに思うままに行動するダイナミックな神です。

イザナキから海を治めるよう命じられたのに、ただわーわーと大声で泣くばかり。イザナキが問うと「私は妣《はは》の国・根《ね》の堅州国《かたすくに》に行きたくてしかたがなくて泣いているのです」と答えます。「妣の国」は亡き母の国すなわちイザナミのいる黄泉、「根の堅州国」は地の底の片隅の国。現実の世界では出雲を指すらしい。ここではこの二つは同じところのようです。

イザナキは彼を追放します。この時点でスサノヲはイザナキが仕切る秩序の壊乱者となっている。

母を慕う息子であり姉に甘える弟という性格を読み取ることもできるでしょう。男というものの弱い一面の代表です。

彼は妣の国に行く前に姉に挨拶すると言って高天原に上りますが、姉の方はただならぬものを感じ取って武装して迎える。しかしスサノヲは武闘ではなく互いに誓いを立てた上で子を生む「うけひ」という一種の占いを提案します。互いの持ち物を交換して、それを子に変える。

アマテラスが弟の剣を取ってかみ砕いてふっと吹くとその吐息から三人の女神が生まれます。スサノヲが姉の髪珠飾りと手の珠飾りを取って嚙み砕いてふっと吹くと五人の男神が生まれる（このうちの一人がオシホミミ、天孫の祖です）。

するとスサノヲは「私の心が清いことが証明されました。私が生んだのは優しい女の子ばかり。つまり私の勝ちですね」と勝手な理屈で勝利宣言をして、田を壊す・溝を埋めるなどの狼藉を働き、果ては殺した馬の皮をアマテラスの神聖な機屋に投げ込む。びっくりした織子の一人がはずみでほとに梭を突き立てて死んでしまう。ほとんど強姦致死ですね。

あまりのことにアマテラスは岩戸に籠もり、神々の計略でようやく外に誘い出されます。神々はスサノヲを捕らえて髭を切り、手足の爪も切って追放しました。髭や爪を切るのは彼の身を清めるためです。

その後でスサノヲは当初の予定どおり出雲に行きます。

出雲とは何か？　これはこの後のオホクニヌシのところで考えましょう。

スサノヲが肥河《ひのかわ》のほとりに降り立つと箸が流れてきました。上流に人が住んでいるのだと考えて彼は河を上ります。すると老人と老女が泣いている。

二人の名はアシナヅチとテナヅチ。娘の手足を撫でさすって大事に育てたという意味です。その娘の名が**クシナダヒメ**。これは『古事記』の「櫛名田比売」より『日本書紀』の「奇稲田姫」という字の方が語源がわかりやすい。「希な稲田の姫」で稲の生産力を讃えるという意味です。

親たちは、「私たちにはもともと八人の娘がありましたが、高志《こし》の国に住む八俣《やまた》のヲロチが毎年やってきては一人ずつ食べてしまいました。今年も来る時期になったので泣いているのです」と言う。スサノヲはその娘を自分にくれないかと言い、いろいろ準備をして八俣のヲロチを酔い潰して退治しますが、そこで蛇の体内から剣が出てくる。これが名剣「草薙《くさなぎ》の太刀《たち》」でスサノヲはこれをアマテラスに献上します。しばらく高天原にあったけれど天孫降臨の時にホノニニギが持って地上に降り、ヤマトタケルの危難を助け、最後には熱田神宮に入っていわゆる三種の神器の一つになります。

さてスサノヲとクシナダヒメは出雲の須賀という地に宮を建てて住みました。その幸せを歌ったのが『古事記』で最初に出てくるこの歌——

八雲立（やくもた）つ　出雲八重垣（いづもやへがき）
妻籠（つまご）みに　八重垣作（やへがきつく）る
その八重垣（やへがき）を

雲がむくむくと八重にも湧き上がる出雲の地
そこに八重の垣を作って愛しい妻を住まわせる
その八重垣の幸せよ

スサノヲとクシナダヒメの間に生まれたヤシマジヌミノカミの子孫がオホクニヌシ、出雲系で最も大事な神でその行状は神というよりギリシャ神話の英雄、例えばテーセウスに近いとぼくは考えます。

オホクニヌシがスサノヲの娘であるスセリビメに求婚した時、父はさまざまな試練をこの婿候補に課しました（これについては後で詳しく述べます）。スセリビメはさすがこの父の子で決断力と行動力があり、さまざまにオホクニヌシを助けてこの試練を越えさせ首尾よく妻と成りました。「すせる」も「すさむ」と同じで果敢に行動する性格を表した命名です。

去ってゆく若い二人に「宇迦能《うかの》山のふもと、深い岩の上に太い柱をしっかりと立て、高天の原に千木《ちぎ》をたかだかと立てて、暮らせ。こいつめ、達者でな」と呼びかけるのが『古事記』におけるスサノヲの最後の登場の場です。

スサノヲは天のアマテラスの秩序に対抗する地の秩序の体現者で、その権威はオホクニヌシに継承され、最終的には国譲りを経てヤマトという国の秩序に吸収合併されます。

オホクニヌシの国造り

オホクニヌシは他に**オホナムヂ**、**アシハラノシコヲ**、**オホモノヌシ**、**ヤチホコ**などの名を持っています。各地のさまざまな神が一つの名に統合されたのでしょう。従ってその事績も多種多様、一人で神話体系を作っているかのようです。

血統から言えばスサノヲとクシナダヒメの子孫にあたります。

彼の行状を整理すれば、
1　隠岐の兎を救うことに始まる試練の物語。
2　各地を巡って女たちと会う国造り。
3　その国をアマテラスに代表される高天原の神々に渡す国譲り。
となります。

成人するまでの彼はオホナムヂの名で呼ばれています。ナは土地、ムチは貴人の意と『古典基礎語辞典』は解きます。オホクニヌシとほぼ同じ。

ワニを騙そうとして失敗した赤裸の兎に傷の正しい治療法を教えた彼はこの善意によって八十名の兄たちとは異なる性格であることがわかります。ちなみにここに言うワニは鮫のことです。

その後は兄たちが与える危難と試練の連続です。兄たちは因幡のヤガミヒメに求婚に行くところ。オホナムヂはみなの荷を負って最後尾からついていきました。行った先でヤガミヒメが「私はあなたたちの言うとおりにはなりません。私はオホナムヂに嫁入りします」と言うので兄たちはオホナムヂを殺そうとします。スセリビメと同じように自ら決める積極的な性格で古代にはこういう女が多い。

最初は山の下にいる弟に、上から赤い猪を追い落とすから捕まえろと命じて、赤くなるまで焼いた大きな岩を落とす。抱き留めたオホナムヂは火傷を負って死んでしまう。母は嘆いてタカミムスヒの弟分にあたるカミムスヒに懇願し、キサガヒとウムキという女神を遣わしてもらいます。この二人は実は赤貝と蛤で、傷の治療法に長けていたらしい。兎への好意がこういう形で返ってくるというのは神話らしい論理です。

生き返った弟を兄たちは今度は山へ連れ出して、予め伐って割れ目を入れて楔で止めておいた大木に誘い込んで楔を抜き、圧殺する。

この時もまた死んだ息子を救い出したのは母でした。このままでは本当に兄たちに殺されると言って出雲へ送り出す。その先にスサノヲが与える試練とスセリビメとの婚姻が待っています。この場では彼はアシハラノシコヲという名でした。このアシハラは地上世界の美称、豊葦原水穂国の葦原です。オホナムヂをスサノヲがこの名で呼んだのは彼に残っていた高天原の性格の故かもしれません。中つ国を天の視点から見ている。

オホナムヂは蛇の部屋やムカデとハチの部屋に寝かされましたが、スセリビメが渡した魔法の布のおかげで無事に朝を迎えました。次は野原に向けてスサノヲが射た鏑矢《かぶらや》（音を立てて飛ぶ矢です。戦闘開始の合図に使います）を取って帰ること。一散に走ってゆくアシハラノシコヲの背後でスサノヲは野に火を放ちます。火に囲まれて当惑していると鼠が出てきて「中はほらほら入口はすぶすぶ」と言う。地面を足でどんと突くと穴があき、彼は地下の洞穴に落ち込みました。やがて火は頭上を通り過ぎた。外に出たところへ鼠が鏑矢をくわえて戻ってきました。「ただし、矢の羽根はネズミの子たちが食べてしまったのでもう無かった」という愉快なオチでこの話は終わります。

この一連の試練、死と再生の繰り返しは文化人類学で言うところの通過儀礼です。男子を成人したと認めるために敢えて課される難行苦行。そこで動物たちの支援があるところがこの時期のオホクニヌシの資質で、その分だけ話は民話的になります。

オホクニヌシの国造りは統一事業ですが武力に依りません。

まず、この場合の国とは何か？

上に高天原があり、地下ないし辺境に根の国がある。その間にあって葦が茂る豊かなところがあり、それが葦原中国《あしはらのなかつくに》です。中は上と下に挟まれた中の国の意。

別名を豊葦原之千秋長五百秋之水穂国（トヨアシハラノ・チアキノ・ナガイホアキノ・ミズホノ・クニ）と呼びます。略しても豊葦原水穂国（トヨアシハラノ・ミズホノ・クニ）と長い。

アマテラスは「ここは私の子が治めるべき国である」と一方的に宣言し、オシホミミを遣わして様子を見させます。オシホミミが天の浮橋に立って下を見て言うには「豊葦原之千秋長五百秋之水穂国はずいぶんと騒がしいように見える」とアマテラスに報告しました。オシホミミはホノニニギの親、アマテラスの子です。神々は例によって会議を開き、誰か神を遣って服従させた方がいいと決まる。

ここでタカミムスヒは、「この国には猛々しく乱暴な国つ神どもがたくさんいるらしい」と言っています。しかしここはオシホミミの偵察の誤りかあるいは『古事記』のテクストの錯綜かで、事実とは異なるとぼくは思います。葦原中国はすでにオホクニヌシによって平定されていた。ずいぶん住み心地のいいところになっていた。

この場面に先立ってオホクニヌシの系譜が書かれています。彼はまず胸形《むなかた》の奥津宮《おきつみや》にいる神、多紀理毘売命（タキリビメのミコト）を妻としました。胸形・宗像・宗方は安曇と並んで海に縁の深い一族です。しかも奥津宮の津は港の意。『古事記』は稲と並んで海という原理に貫かれています。

彼はこうして九名の女を妻として多くの子を生しました。女たちを介して地域ごとの国つ神を統合していった。

それは彼が妻たちに豊穣の力を授けたということです。

古代には性愛はただ快楽のためのものではなく、豊穣と繁栄のための呪術でもありました。だから子を生すための神と神の結びつきは聖婚とされたのです。呪力は男から女へ、また女から男へと伝えられました。オホクニヌシは自ら精力的に旅をしたけれど後の天皇たちは宮居にあって地方の女をたくさん呼び寄せるようになります。この場合は地方の霊力を女が齎すと考えられた。

もっと後、光源氏があれほど多くの女の相手をしたのも力を得るためで、だから彼は相手が醜くても（末摘花）老女でも（源典侍《げんのないしのすけ》）疎かにはしなかった。それは高貴な男の責務でもあった。この考えを「色好み」と呼びますが、これは「好色」とは別のものだと折口信夫は言います。

妻を九人並べるような形式の系譜は『古事記』の中でオホクニヌシが最初です。神々の系譜では子は生むのではなく生《な》るもの。子孫を増やして勢力を広めるという考えはありません。神である以上そんな必要はなかった。天皇たちの時代になると系譜はすべてオホクニヌシ型になります。

ヤチホコとスセリビメ

オホクニヌシの系譜の更に前に二組の恋愛詩が置かれています。

一つは彼とヌナカハヒメとの間のもので、もう一つは正妻スセリビメとの間で交わされたもの。ちなみにこういう場面ではオホクニヌシはヤチホコという名で呼ばれています。矛はおそらく陽根の象徴でしょう。

ここではスサノヲの娘のスセリビメとのやりとりを紹介します。詩だから原文と読み下しと訳のぜんぶを載せたいのですが、それではあまりに紙面を広く占拠する。現代語訳の部分だけにしましょう。

夫は出かける準備をしています――

（ぬばたまの）黒い衣装をきちんと身にまとって、水鳥が胸の羽根をつくろうように首を曲げて見ると、翼をばたつかせて見ると、これはどうにも似合わない。波が引くようにぱっと後ろに脱ぎ棄てよう。

かわせみのように青い衣装をきちんと身にまとって、水鳥が胸の羽根をつくろうように首を曲げて見ると、翼をばたつかせて見ると、これもどうにも似合わない。波が引くようにぱっと後ろに脱ぎ棄てよう。

山の畑に育てた茜を臼で撞いて染めた赤い衣装をきちんと身にまとって、水鳥が胸の羽根をつくろうように首を曲げて見ると、翼をばたつかせて見ると、これこそよく似合う。
いとしい妻よ、鳥のように群れた一行を私が引き連れて行こうとすれば、一羽につられて飛び立つ鳥のように一行を私が連れて発とうとすれば、山のふもとの一本の薄のように、おまえはうなだれて泣くだろう。そのため息は（朝雨の）霧となって立つだろう。（若草の）妻よ……

見るとおり、夫は衣装を凝らして他の女（例えばヌナカハヒメ）のところに行こうとしている。鳥の比喩が重なります。
それに対して妻は――

ヤチホコの神であられる私のオホクニヌシさま、あなたは男でいらっしゃるから島や岬をいくつも巡られ、磯の岬を一つ残らず巡られて、（若草の）妻をたくさんお持ちになる。私は女ですから、あなた以外に男はいない。あなた以外に夫はいない。
ふわふわした綾絹で囲った部屋の中で、絹の夜具を掛けて、さやさや鳴る栲《たく》布の寝具を掛けて、泡雪のように白い胸に（あなたを抱き）、栲の布のように白い腕で（あなたを抱き）、手と手を絡み合わせ、腿と腿をぴったり重ね合わせて共に夜を過ごしましょう。

さあ、この御酒を召し上がれ。

と嘆きながらも寝床へ誘う。

そういう相手が系譜で見るだけで八名。

これがオホクニヌシの平定の方法でした。

更に彼にはスクナビコナとか三輪山の神とか、助力をする神もいました。

ここで視点は高天原の神々の側に変わります。

オホクニヌシが着々と造っている国の支配権を奪取しなければならない。

合議の果て、知恵者のオモヒカネがアメノホヒを送るのがいいと言います。これはアマテラスとスサノヲのうけひでアマテラスの宝玉から生まれた五人の神の一人でオシホミミの弟に当たります。

「そこでアメノホヒを送ったところ、オホクニヌシに心服してしまって、三年たっても戻って報告をしなかった」というのはつまり葦原中国は居心地がよかったのでしょう。

そこで神々は今度はアメノワカヒコを派遣します。この名は天の勇壮な若者というだけでそれ以上の意味はありません。彼は特別の弓と矢を授かって下界に降りますが八年たっても復命しない。実はオホクニヌシの娘の下照比売（シタテルヒメ）と仲よくなって葦原中国を自分のものにしようとまで思っていたのです。

神々は鳴女（ナキメ）という雉を遣わして「おまえを葦原中国にやったのはそこの乱暴な神々どもを説得・服従させるためであった。なぜに八年もたったのに戻って報告をしないのか」と問わせます。雉はアメノワカヒコの家の前にある桂の木にとまって神々の問いをそのまま発しました。すると天佐具売（アメノサグメ）という女が「嫌な声の鳥ですねえ。射殺してしまいましょう」と言ったのでアメノワカヒコは授かってきた弓と矢を持ち出して雉を射殺した。

矢はそのまま天まで飛んでタカミムスヒの手元に届きました。見ると見覚えのある矢で血がついている。「もしもこれがアメノワカヒコが邪心をもって射た矢ならアメノワカヒコを死なせよ」と言って投げ返しました。矢はアメノワカヒコの胸に当たって彼は死にます。

三人目の使者としてタケミカヅチが登場。これは雷電と剣の神です。同行するのはアメノトリフネ。

オホクニヌシを呼び出したタケミカヅチは十掬《とつか》の剣を波の頂に逆さに立て、その切っ先にあぐらをかいて坐って（！）言います――

「おまえが我が物としている葦原中国《あしはらのなかつくに》は我が子が統べるべき国であると（アマテラスとタカミムスヒは）言っておられる。おまえはどう思うか？」

いきなり劇画風な展開で、オホクニヌシは自分には答えられないので息子のコトシロヌシに聞いてくれと言い、コトシロヌシは承知する。しかしオホクニヌシにはもう一人タケミナカタという息子がいて、こちらは膂力《りょりょく》自慢なのでタケミカヅチに力比べを挑みます。その手をタケミナカタが摑むと相手の手はたちまち氷の棒になりすぐにまた剣の刃になりました。逆に摑まれた手は萎えてまるで若い葦のよう。

タケミナカタが「この葦原中国は天つ神の御子たちの思うとおりになさってください」と言って、ここに国譲りは完成しました。

国譲りで権力を移行

これが『古事記』の記述ですが、これはどういう意味でしょうか。

オホクニヌシが葦原中国を取りまとめる。それも武力は用いず、もっぱら男としての自分の繁殖力によって女たち経由で勝手に騒いでいた諸部族を平伏させて一つにする。そうしてできた国を高天原の神々が天の権威をもって我が物とする。

オホクニヌシの系譜について西郷信綱先生は「いうなればここに登場してくる地方土豪たちは、天孫に国譲りする大国主という神格に収斂されるべき歴史的諸勢力であ」ると言っています。統合の過程、おそらくは多くの戦いがあった過程をあっさりとまとめてそのまま天の神々に繋ぐ。この先で神武天皇は東征にあたって何度か土豪の類を相手に苦戦しますし、ヤマトタケルは東奔西走して反逆者の掃討に励みますがそれはいわば後始末。

宿敵との真の対決がないまま国は出来上がる。それは、辺境の熊襲や蝦夷を別として、他民族がいなかったからでしょう。ここでは民族とは言葉と文化を一にする集団としておきましょう。大陸や半島から離れた島々よりなる国土だからこそ可能だった。天皇の一統の支配を権威づけるために高天原を創出して上から国土に権力の傘を被せることができた。

ずっと後のこと、宋に送る上表文はこの国の天皇について「昔からわが先祖は、みずから甲冑《かっちゅう》をつらぬき、山川を跋渉《ばっしょう》し、安んずる日もなく、東は毛人を征すること五十五国、西は衆夷を服すること六十六国、北のかた海を渡って平らげること九十五国に及び、強大な一国家をつくり上げました。王道はのびのびとゆきわたり、領土は広く広がり、中国の威ははるか遠くに及ぶようになりました」と書いています。この征服した国の数は相当な誇張です。大陸ならあり得た。しかし島国ではその必要はなかった。

国譲りという平和裏の権力移行になったと『古事記』は書きます。

出雲についてはまた後で考えましょう。

国譲りの交渉から始まって天孫降臨に到る過程を高天原の側から辿ります。

オシホミミはアマテラスの髪につけた珠飾りから生まれたので母はアマテラスで、母が処女神であるがゆえに父はなし。

正式の名前は正勝吾勝勝速日天之忍穂耳命（マサカアカツ・カチハヤヒ・アメノ・オシホ・ミミのミコト）。この名の意味は「正に私が勝った、勝って勢い盛んだ」というスサノヲの言葉で、オシホは稲穂がたくさんということです。

アマテラスはこの子を地上に降ろそうとしましたが彼は生まれたての自分の子ホノニニギをやろうと言います。この神はこの場面にしか登場せず存在感が薄い。

ホノニニギ　語源　ホは穂、ノは稲、ニニギは賑わい。ホはまた火（古代の音はホ）にも通じる。形と勢いが似ている。

正式には天邇岐志国邇岐志天津日高日子番能邇邇芸命（アメニキシクニ・ニキシ・アマツヒコ・ヒコ・ホノニニギのミコト）。

父はアマテラスの子のオシホミミ、母はタカミムスヒの娘の万幡豊秋津師比売命（ヨロヅハタ・トヨアキヅシ・ヒメのミコト）。

この神が地上に降りようと天の八衢《やちまた》というところまで行くとそこに誰かいる。戸惑っているとアマテラスから連絡が入って、そこはまずアメノウズメを先に立てろと言う。天岩戸で踊った彼女は目の力で敵に勝つ神だから。つまり強い呪力を持つ巫女ですね。

そこでアメノウズメが問うと相手は、自分は国つ神のサルタビコという者で道案内をしようと待っていたと答えます。そこでその言葉に従ってホノニニギは下界に下ります。（ここでどうも『古事記』の記述には錯簡があるような気がします。ホノニニギは天児屋命（アメノコヤネ）、布刀玉命（フトダマ）、天宇受売命（アメノウズメ）、伊斯許理度売命（イシコリドメ）、玉祖命（タマノオヤ）、以上合わせて五人の従者を連れて天から降ったという条は実はサルタビコの話の前に入るのではないか。だから傍らにすぐアメノウズメがいたのでは。いずれにしてもこれで天岩戸のメンバーのうちの五名がセットで地上に降りたことになります。）

ホノニニギは日向の高千穂のクジフル岳というところに降り立ちました。この地名も神話的なものでそのまま実在の土地に重ねるわけにはいきません。クジフル岳は未詳のままです。

ここで太い柱を岩の上にしっかりと立て、高天原まで届くほどの千木《ちぎ》を飾って（神社の屋根の端にあるあの飾りです）、そこに宮を建てました。

ホノニニギが岬を歩いていると若い美しい女が来ます。名を問うと「大山津見神（オオヤマツミのカミ）の娘、名前は木花之佐久夜毘売（コのハナノ・サクヤ・ビメ）と申します」と答えました。ホノニニギが重ねて私の妻にならないかと言うと、自分では決められないことなので父の口からお答えします、と言います。正式な結婚である以上は父の許可が要るのです。

またオオヤマツミは葦原中国を代表する神です。名前が抽象的なのもそのため。だからこれには天と地の結婚という象徴的な意味があることになります。

父は喜んで娘を送り出しましたが、その時に姉にあたる石長比売（イハナガ・ヒメ）も同行させました。ところがこの姉はとても醜い。ホノニニギはこれを嫌って返してしまいました。すると父が嘆いて言うには、「イハナガヒメを添えたのはこれから天皇の寿命が岩のように長くなるようにと考えてのこと。お返しになったからには寿命は花のようにはかなくなるでしょう」と。以来、天皇は長寿ではなくなったわけです。とは言うものの初期の天皇の中には六代孝安天皇の百二十三歳とか七代孝霊天皇百六歳というような例もありますが、これは政治加算と考えられています。これについては「天皇列伝」の章で述べます。

コノハナノサクヤビメはめでたく懐妊しました。

すると夫は「一夜しか共寝していない。これは私ではなく誰か国つ神の子だろう」と言います。男の永遠の疑念です。

妻は「あなたの子ならば安産、そうでなければ難産になるでしょう」と言って、戸のない八尋《やひろ》の産屋を造って入口を土で塗り固め、中に火を放ってお産をしました。これは身の潔白を証明するために自分に課した試練です。火の中の安産で三人の男の子が生まれました。それぞれホデリ、ホスセリ、ホヲリと命名されました。ホは火の意です。ホスセリの名はここ一回かぎりでこの後の話には登場しません。三という数字が好まれたのでしょう。

海幸彦と山幸彦

ホデリ。漢字では火照、まぶしく照る火です。

ホヲリは火遠理。衰えた火ということです。

ちなみにホスセリは火が最も盛んな様子です。

ホデリは海幸彦という別名のとおり海に行って魚を捕るのを仕事としました。

ホヲリは山幸彦という名のとおり山に行って獣を狩ることを仕事としました。

この先は『古事記』の中でも因幡の白兎と並んで最も広く知られた話ですね。

ある時、ホヲリは兄に互いの仕事を交換してみようと提案します。兄は消極的ですが弟はしつこい。兄はしぶしぶ自分の釣り道具と弟の弓矢を取り替えました。しかし海に行ってもホヲリはまったく魚を釣れない。そのうちに兄に借りた釣針をなくしてしまいます。釣りをした人ならばわかると思いますが釣針というのは根掛かりとか強い魚に糸を切られるとか、とてもなくなりやすいものです。今は工業製品だからいくらでもあるけれど、古代には一本ずつがとても貴重でした。それに、それを使えば豊漁というう縁起のいい針もある。

兄は何が何でも他ならぬあの針を返せと言う。自分の剣をつぶして五百本の針にしたのに兄は意地になって元の針でなければ受け取らないと言います（釣針について、『古事記』の執筆当時はマニュファクチャーの時代になっていたのですね）。

ホヲリが途方にくれて海辺で泣いていると、シホツチが来てなぜ泣いているかと問いました。この名は潮に由来し、潮路を司る神です。わけを話すと、小舟をくれてこれで海に行きなさいと言われます。海の中にワタツミの神の宮があるからそこまで行って門の横の木に登って待ちなさい。海の神の娘がなくなった釣針の相談に乗ってくれるはずです、と。

ことはそのように運びますが、そうして出会った海神ワタツミの娘トヨタマビメとホヲリは結婚して海の底の宮で楽しく暮らし、釣針のことはしばらく忘れられる。この展開を浦島太郎はなぞっています。

三年が過ぎた頃、ホヲリは釣針のことを思い出して憂鬱になる。妻に問われて彼は岳父ワタツミに事情を話します。海神はすべての魚を集めて問いただし、鯛が失われた釣針を体内に持っていることを突き止め回収しました。陸に戻るホヲリに岳父は塩盈珠《しほみつたま》・塩乾珠《しほふるたま》という潮汐を制御する宝珠を授けます。これによって兄を支配下に置くことで弟は「私はこれから先はあなたを昼も夜も守ってお仕えします」という言葉を兄から引き出します。

改めて考えると兄ホデリに対してずいぶん強引かつ身勝手な話で、どうも後味がよくないような気がしますが。

やがてトヨタマビメが来て妊娠を告げ、天つ神の子は海で産むべきではないと思ったと言って、渚に屋根を鵜の羽根で葺いた産屋を建てました。渚というのは陸と海の境ですね。それが出来上がる前にお産は完了して男子が生まれました。しかしこれに先だってトヨタマビメは自分は本来の姿に戻って出産をするので決して見ないようにと言ったのに、夫は好奇心から見てしまった。八尋の鮫の姿でした。夫は怖くなって逃げてしまいます。

見られたと知った妻はいたく恥じ入り、育児を放棄して実家に、ということは海神の宮に帰ってしまいます。その代わりに妹のタマヨリビメを寄越して赤児の世話をさせることになりました。

これもまたイザナミの時と同じ見るなの禁忌とその違反の話ですね。

ウガヤフキアヘズ　天津日高日子波限建鵜葺草葺不合（アマツ・ヒコ・ヒコ・ナギサ・タケ・ウガヤ・フキアヘズ）

渚に建てた産屋の屋根を萱の代わりに鵜の羽根で葺き終わる前に生まれた子という出産の事情のままの命名です。

長じて叔母であるタマヨリビメを妻として四人の子を生します。その一人が神倭伊波礼毘古（カム・ヤマト・イハレビコ）、すなわち神武天皇です。つまり神武天皇の血の四分の三までは海に由来するのです。

『古事記』をよく読んでみると稲と並んで海は重要な要素であることがわかります。

ホヲリは五百八十歳まで生きた。他に事績の記述はありません。

上巻は神話の時間

整理してみましょう。

アマテラスからオシホミミ、ホノニニギ、ホヲリ、ウガヤフキアヘズと四世代を挟んでようやく初代の天皇が生まれました。なぜこのような迂遠な道を辿ったのか。しかもこのうちのオシホミミとウガヤフキアヘズは存在するだけで実際には何もしていません。

同じようにして国譲りの時も三人目の使者にしてようやく交渉が成立する。

若いオホクニヌシは八十人の兄に何度となく殺されかけ、更にスサノヲの二重三重の試練を経てスセリビメを得ます。

この理由を考えてみます。

『古事記』のここまで、つまり上巻《かみつまき》は神話の時間に属するのです。それを明らかにするには中巻・下巻と比べてみればいいので、こちらは天皇の列伝になっています。疑わしい数字はいろいろ出てくるけれど、しかしここに流れているのは間違いなく歴史の時間です。初代神武から三十三代推古まで彼らは順序よく並んでいます。中国の文書によって確定できる年号も少なくない。これはもう神々ではなく人間たちの時間に属する世界です。

神話では時間は停滞し、逆行し、反復し、時には平行する。

大きく摑んでみれば上巻は、天地創造に始まり、高天原が成立し、対抗の位置に根の国ないし出雲の存在が告げられ、いろいろあって国譲りが行われ、天孫降臨の果てに最初の天皇となるべき子が生まれた。この過程は決して平易には語られません。多くの行きつ戻りつがある。そして論理的でもない。筋が通らないところは多々あります。

歴史とは書かれたものです。歴は時代に沿って起こったことであり、史はそれを書き記したもの。そこにはページでも章立てでも年号でも、ともかく数字を割り振ることができる。文字はまずもって合理を旨とするものです。

それに対して神話は本来は語られたものです。矛盾があっても繰り返しがあっても枝道を辿るうちにとんでもないところに出てしまっても、聞き手は誰もそんなことは問題にしない。大事なのは聞いていておもしろいこと。夢中になって先をせがむこと。メインのストーリーにエピソードをたくさん盛り込むこと。反復は口承文芸の手法の一つです。

実際には上巻の神話はずいぶん整備されています。一貫した太い軸があってそこからの逸脱はさほど多くはない。あるところまで歴史化されているとも言えます。混沌とした無時間の中に多くの要素を組み込まなければならない。だから例えばオホクニヌシはあれほど多くの人格＝神格を束ねることになった。あれを拾いこれを捨て、と工夫するうちに話はどんどん多様多彩になり、ある意味では雑然としたものになる。この傾向は中巻・下巻にもありますが上巻ほどではない（この「上巻」というような用語は書物がまだ巻子本だった頃を思わせますね）。

天皇たちは人間であって神ではないのです。

第四章

地政学

千数百年続いた王朝は他にない

『古事記』の上巻はもっぱら神話でしたがそれでも起こったことはほぼ時の流れに従って排列されていました。

中巻と下巻になるともっとはっきりして歴史の骨格に神話的なものがはめ込まれる形になります。天皇の即位の順に沿ったゆるい編年体。

そこで語られるのは神武天皇の東征に始まって国というものの体裁が整い、民が安楽に暮らせるようになってゆく過程であり、いろいろ混乱はあっても皇位が継承されていった経緯です。

千数百年も続いた王朝は世界に他にありません。それは確かなのですが、その理由は摂関政治から後、天皇が政治に関わることを避けて祭事と文化の伝承に徹したことでした。武張った天皇は古代以降はほとんど出ていません。

ただしここで万世一系という言葉を持ち出してはいけない。これは明治憲法で広まった言葉で、それ以前には使用例はほとんどありませんでした。皇統にとって血のつながりは大事な要素ですがそれでも途切れかけたことはあって、二十六代継体天皇の時は五代前まで遡って遠隔の地から資格者を連れてこなければならなかった。後の世の南北朝のこともあります。

古代の天皇の系譜を見ると、世継ぎがいないという事態を避けるため、みんな必死で子の数を増やそうとしています。候補者が多すぎるから継承の時には必然的に兄弟殺しで血が流れます（例えば二十代安康から二十一代雄略への時）。

島国であることが大きい

歴史の話に入る前にまず国家の基本となる国土のことを考えておきましょう。地理的条件が政治を決める、という地政学の話です。日本史の本で地理から始まるものは少ないのがぼくは不満なのです。日本のような国の場合、運命の半分は地理で決まってしまっています。

まず島国であること。ギリシャのように島嶼部があるのではなくイギリスのようにぜんぶが島。この国に住む人々は早い段階でそれを知っていました。だからこそイザナミが産んだのが八つの大きな島（大八島）という話が『古事記』の最初のところに出てくるのです。

今の世界でも島国はそう多くはありません。イギリス、台湾、スリランカ、マダガスカル、あとはカリブ海にしても太平洋・インド洋にしてもごく小さな国ばかりです。それに島と言っても大陸との距離が問題です。イギリスは大陸と近すぎるためにその歴史はヨーロッパ史の一部になりました。スリランカとインドもずいぶん近い。近代台湾の歴史は中国史と密接に関わっていて、現に今も不安の多い状態に置かれています。一衣帯水という言葉が思いだされます。

結果から見れば日本と中国や朝鮮との間はちょうどよい距離でした。隔てる海は古代の航海術でもなんとか渡ることができる。人が行き来し、文物が到来し、中国という偉大な文明の恩恵に与れる。しかし大規模な軍勢を渡すとなるとこの海は広すぎるのです。おかげで国境を越えて押し寄せる圧倒的な敵の軍勢という恐怖を味わうことが近代までほとんどなかった。あったとすれば白村江の戦いに敗れた後の時期、大宰府が築かれ水城が造られた時くらいだったでしょう。

ぼくがここで言いたいのは、長い歴史の中で本格的な敵襲はなかったということです。この国の歴史はほぼ自立的かつ自律的でした。その気になれば鎖国が可能。そして自給自足で何百年もやっていけるだけの国土の大きさがありました。

たしかに自然災害の多い国です。火山の噴火があり、地震があり、従って津波があり、更に台風が来る。しかし、と敢えて言いますが、国土の大きさの故にどれも壊滅的ではなかった。関東大震災は大きかったが地域は限定されていました。東日本大震災も広い範囲ではありましたが全国的ではなかった。あれが国家の崩壊につながる可能性は原子力発電所の事故という人為的な理由で広範囲にわたって放射性物質が降った場合でしたが、まったくの偶然によって避けられた。

火山も近世以降で最も大きなのは天明の浅間山の大噴火ですが、火山爆発指数4で、西日本には影響はなかったようです。飢饉にはなったけれど国ぜんたいとしては持ちこたえられた。有史以前ならば三万年前の九州の始良カルデラの8ないし7という大規模なものがありました。富士山では八六四年の噴火が指数5のレベルでした。

島々の行き来が容易というメリット

地理的条件の一つとして島々の配置を考えてみましょう。

日本列島と呼びます。大きな島から小さな島までが密集しています。ぜんたいとして西から東へ、南から北へという軸があるので「列」島ですが、本当に一列のアリューシャン列島などとは違う。この密集のおかげで島々の間の行き来は容易で国土としての一体感が確保されました。統治しやすかった。

同じような一体感は大陸の国でもあり得ます。六角形のフランスはその辺が大西洋と地中海とアルプスとピレネーの山脈で区切られていかにもまとまっている。第二次世界大戦のドイツの侵攻までこの国土は分割されることがありませんでした。

西日本の島の配置はそのまま海路の形成に繋がります。

瀬戸内海は天然の街道でした。これで九州と近畿は結ばれ、人とモノの行き来が容易になりました。だからこそ邪馬台国の所在について九州説と畿内説が並列するわけで、そこまで西日本は一体化していたのです。

古代には航海術は未発達で、瀬戸内海は島が多いし潮の流れも時を追って変わって複雑です。原動力は人力と潮と帆でしたが、風はまったく予想がつかない。舟・船は一気に行くのではなく沿岸にいくつも用意された港《みなと》（水《み》の門《と》）ないし津を経由して進みます。

ぼくの小説『ワカタケル』の中に摂津から日向まで海路を行く話があります。これによると、難波津の港を出て、風待ちで大浦に一泊、その後は明石津、室津、牛窓津、多麻ノ浦、鞆《とも》ノ浦を経たところで伊予の熟田津《にぎたつ》に渡り、豊後の坂門津を経て日向の細島の港に至っています（神武天皇が辿った道についてはその時にお話しします）。この海路を護るのは住吉大社に祀られる底筒之男命（ソコツ・ツノヲのミコト）、中筒之男命（ナカツ・ツノヲのミコト）、上筒之男命（ウハツ・ツノヲのミコト）の三人で、これは後に隆盛を誇る安曇一族の祖でもあります。

瀬戸内海とは別に日本海側の航路も重要でした。筑紫から出雲、伯耆、因幡、但馬、丹後、若狭、越前、越中、越後は船で結ばれていました。後に蝦夷地まで伸びて北前船が通うようになります。

日本海側を裏日本と呼ぶことがありましたが、歴史の上ではむしろそちら側を表と呼んだ方がいいくらいの活気のある地域でした。山陰の陰の字にだまされてはいけない。

更には対馬海峡を渡って朝鮮半島に行く道も重要でした。海は隔てるものであると同時につなぐものでもあります。

では太平洋はどうだったか？　危なくて使えなかったのです。瀬戸内海は内海ですし、日本海も広いけれど閉じた海です。嵐でコースを外れてもどこかに流れ着く。しかし太平洋は開かれていて対岸はアメリカ大陸。しかもここには黒潮という強い海流があって、一旦これに乗ってしまうとどこまでも運ばれて最悪の難破に到ります。沿岸づたいに行くつもりでも急な風向きの変化などで沖に行ってしまうと古代の非力な船ではどうしようもなかったのです。この航路が使われるようになったのは江戸期になって大型の船ができてからで、菱垣廻船や樽廻船はよく知られています。「沖の暗いのに白帆が見える、あれは紀の国みかん船」は江戸の人たちが紀の国からの船を待ちわびる俗謡です。

これが日本と海の関係です。

稲作に最適な気候

気候のことを話しましょう。

日本列島の多くの部分は温帯の、それもモンスーン地帯に属します。

夏は太平洋から大陸に向けて水蒸気をたっぷり含んだ南東の風が吹き、これが脊梁山脈に当たって太平洋側に多くの雨を齎します。

冬は逆に大陸からの北西の風が吹くのですが、この風も日本海でたっぷりの水蒸気を含んで到来し、脊梁山脈に当たってこちらは雪になって降ります。その雪は山に蓄えられて春先から麓の平野に流れ下ります。実を言うとこのような大陸と海と島の配置は世界地理でも珍しく、これほど緯度の低いところでこれほど大量の降雪を見るのは日本列島の日本海側だけです。

夏の間は日照時間が長く雨も多い。

つまり稲という東南アジア起源の作物に最適な気候であって、これが日本人の精神性を決めたと言うことができます。『古事記』にあるのもまさに稲が作った文化でした。「クシナダヒメ＝奇し・稲田・姫」を初め、稲や穂にまつわる神名が多いのはそのためで、すべてが稲を中心に回っている。高天原におけるスサノヲの乱暴の中に田の畦を壊し溝を埋めるというのがありました。なぜこれが大罪かというと稲作の妨害だからです。国の根幹を揺るがす行為なのです。

畦と溝、これはつまり灌漑のための施設です。水田というとおり稲は水を張った田で育ちます。水は必須であり供給源は雨しかなく降った水は低い方に流れる。それを蓄えて稲の生育の場とするには畦で囲って田を造るわけで、そこに水を導くには溝が要る。どちらも大規模な工事だから個人の力でできることではなく、そこに社会性が生まれる。

水田は厳密に平らでなければならないから山に造るとなると棚田になります。耕して天に到るという風景が生じる。ぼくはネパールで飛行機からこれを見て日本と同じだと思いました。東南アジアではどこでも見かけるものです。これが麦ならばなだらかな丘でも畑にできます。トルコの東部で広い麦畑を見て実感しました。雨量に一喜一憂するところは同じでも麦ならば水の扱いに手間がかからない。ちなみに小麦を育てるのに要る水の最低量は年間四百ミリだそうです。東京の年間降雨量の四分の一。そして麦の場合、土地さえあれば個人経営でも収穫は確保できます。他人との共同作業は必須ではありません。

稲作において水は管理しなければならないものです。そのためには共同体の存在が前提となるわけで、個人的な行動は共同体の決定の範囲を出ることができません。更に田植えにしても稲刈りにしても効率を上げるには集団労働が有利なのでここでも個人は共同体に属することになります。村落共同体が組織として濃密になり規範は個人を縛る。今の用語で言えば同調圧力の強い社会です。これが日本人の性格を決める要因の一つになったと言えないでしょうか。

ともかく何が何でも稲なのです。それは自分たちの周囲に「田」というシンメトリーで美しい象形の漢字を含む姓がたくさんあることからもわかると思います。祖先は村のどの位置にどういう種類・性格の田を持っていたか、それで姓を決めたのでしょう。

（余談ながら、藤の字がつくのは藤原氏との関係の誇示でしょう。加藤は加賀の藤原、武藤なら武蔵、伊藤ならば伊勢、遠藤は遠江、近藤は近江、佐藤は藤原を佐《たす》ける、斎藤は斎宮頭《さいぐうのかみ》である藤原、などなど。従ってこの種の姓は『古事記』には登場しません。更に余談ながら、藤という蔓植物はパラサイトです。都会人は花の姿と香りを愛でますが、山を養う人は藤を見ると切ります。放っておくと親の木を枯らしてしまうから。天皇家との関係において藤原氏の働きはそれに似たものではなかったか。花は美しく香りもよかったことまで含めて。）

呪術も未来を予測する技術

『古事記』の中では呪術が大きな役割を果たしています。

人々の考えの基礎に呪術というものがあります。

それは古い時代だから、まだ科学が発達していなかったから、と言ってしまうのは簡単ですが、もう少し考えてみましょう。

今ここでぼくは呪術に対して科学という言葉を並べました。それは人の心に対する機能においてこの二つはよく似ているからです。月とすっぽんは丸いという共通点を持ちながら一方は天に輝き他方は泥の中に住む。だから対比の例になるのです。提灯と釣り鐘も同じこと。

呪術と科学に共通するのは自然界に見える兆候によって未来のことを知る技術であるということです。

問題を特定した上で占いで神意を問うことを「うけひ」と言います。アマテラスとスサノヲの対決がそれでした。

あるいは夢で神の声を聞く。

十一代垂仁天皇の子ホムチワケは生まれてからずっと口をききませんでした。父親はそれを憂えて夢を見るべく寝所に入ります。そういう聖なる寝床がはじめから用意してあるわけで、二十代安康天皇の時にも夢のための寝所を舞台とする事件が起こることが記されています。

垂仁天皇の夢の中に神が現れて言うには、「私の宮を天皇の宮殿と同じように造ったならば、子供は必ず口を利くようになる」と。

この神がどなたかわからないので目覚めてから改めてアケタツという者に占いをさせました。その結果、子の口を塞いでいる崇りは出雲のオホクニヌシのなすことだとわかりました。そこで従者を立ててホムチワケを出雲に送り参拝させたところ、帰路の宿舎の一つで、「あの川下にある青葉の山のようなものは、山に見えるけれど山ではないな。ひょっとして出雲の石硐《いはくま》の曽の宮におられる葦原色許男（アシハラシコヲ）に仕える神官たちが立てたものだろうか」と理路整然と言ったのです。

ここではまず夢があり、占いがあり、願いの成就があります。この展開を当時の人々は信じました。それはぼくたちが科学者の言うことを信じるのと同じです（なおここでオホクニヌシが登場し、出雲詣、オホクニヌシの別名であるアシハラシコヲの名が出たことはこの先で書く出雲論に関わりがあるので覚えておいてください）。

超自然という言葉があります。これは科学が力を得て自然界の多くのことを説明するようになってからそれをはみ出すものを呼ぶために作られた言葉で、それ以前は不思議なこともまですべて含めて自然でした。人は自然を畏怖し、それに沿うべく努力して生きていました。自然を征服するという考えはなかった。

人は自然を読むだけでなく働きかけることもしました。前に書いた「六月晦大祓《みなつきみそかのおほはらへ》」のようなお祓いもその一つです。

デイヴィッド・エイブラムという文化人類学者がこう言っています――（『感応の呪文』）

伝統的ないし部族のシャーマンは人間の共同体とそれを包含する生態系を媒介する、ということが私に徐々にわかってきた。シャーマンのはたらきが明らかにしているのは、滋養の流れというものが風景から人間へという一方向でなく、人間の共同体から大地へ返されるということである。儀式、トランス状態、恍惚的脱自、そして「旅《ジャーニー》」とよばれる状態をとおして、シャーマンは、人間社会とそれを包含するより大きな社会との関係のバランスと相互交流を保ち、集落が大地からもらった分だけ返す――物質的な意味だけでなく、祈禱や慰撫や賞賛をとおして――ようにしているのである。

『古事記』の中では人間はそこまで自分たちの力を信じていないように思えます。自然界と人間界の間を行き来してバランスを調整するというところまでは行かないで畏怖するばかりですが、しかし効果は信じている。

中巻から民話的になる

ここで『古事記』ぜんたいの雰囲気を見てみましょう。

神々の頃から始めて人間の代に至り、天皇一統を軸に据えての国の物語。上巻が神話的であるのは当然ですが、中巻・下巻になるとどこか民話的になります。一つには権威主義の面が意外に少ないことが理由ですが、もう一つ、語り物ないし口承文芸の色が濃くなるのです。これは四角四面の公史である『日本書紀』と比較するからというこどもあるけれど、『古事記』の文体そのものが聞き手を前にして、興味を引き、笑いを誘い、同情を呼び、共感を求めるところが多い。『日本書紀』は内外の官僚が職務のために黙読するもので、『古事記』は音読して普通の人たちに聞かせるという違いが感じられます。その普通の人たちというのはまさか巷の庶民ではなく豪族の子弟とか宮廷の舎人《とねり》や采女くらいでしょうが、しかし笑いはそこに確かにある。後の猿楽や狂言、さらには江戸期の落語などにまで通じる大らかさがあるようにぼくには思えます。

そこには地名や諺の由来や滑稽譚が少なくない。

例を挙げましょう。

十代崇神天皇は歯向かうタケハニヤスを殺します。彼の軍勢はちりぢりになって逃げました。「これを追って久須婆《くすば》の渡しまで追い詰めたところ、敵は怯えきって糞を漏らして褌《はかま》を汚した。それでこの地を屎褌《くそばかま》と呼ぶようになった。それを今は久須婆《くすば》と呼んでいる」。地名の縁起譚ですが、品がなくて滑稽ですね。

あるいは、十五代応神天皇の時、新羅や百済から多くの知識人や職人が渡って来ました。その中にススコリという酒造りの名人がいて、醸した酒を献上しました。天皇はこの酒を心楽しく飲んで酔い、歌を詠んで言うには――

須須許理（すすこり）が　醸（か）みし御酒（みき）に　我酔（われゑ）ひにけり
事無酒（ことなぐし）　笑酒（ゑぐし）に　我酔（われゑ）ひにけり

須須許理が醸した酒に私は酔った。
無事息災のめでたい酒、笑いを誘う酒に私は酔った。

こう歌ってふらふらと宮廷の外へ出て、大坂まで行ってしまいます。そこで道の真ん中にあった石を杖で叩いたので石は慌てて逃げ出しました。そこでできた諺が「堅い石も酔っ払いは避ける」。この頃から始末の悪い酔っ払いはいたのでしょう。酔って人柄が陽気に変わる場面は狂言では少なくありませんし（例えば「舟婿入り」）、落語にもあります（例えば「らくだ」)。

動物がたくさん登場するのも『古事記』の特徴です。ざっと数え上げると、うさぎ、わに（実はさめ）、ねずみ、いのしし、しか、へび、いぬ、さる（サルタビコとサルメという人名で）、

魚は、サメ、タイ、

虫は、あきず（とんぼ）、かに、むかで、かいこ

鳥ならば、にわとり、かわせみ、はやぶさ、すずめ、ひばり、からす

意外なことにキツネがいない。『今昔物語』や説話集には多いのですが。オオカミとリスもいない。『日本書紀』にはオオカミが出てきます。「かしこき神（貴神）にしてあらわざをこのむ」とありますが『古事記』には登場しません。

リスは人家の近くにいていつも目にしていたはずなのに、民話やおとぎ話にほとんど登場しません。そもそもリスという名が漢語の栗鼠の音読み「りっそ」の訛りであって和語ではない。ではそれ以前は何と呼ばれていたのか？　キネズミ（木鼠）ではなかったかと思うのですが確証がありません。辞書を引くと「キネズミ↓リスの別称」とある。順序が逆ではないのでしょうか。

大和に政権が確立して国の体裁が整いました。

反逆はめったになく治世は安定しています。

この時に中央と地方の関係はどうだったか？

天皇の視点から見てみると、まず地方からは舎人《とねり》と采女《うねめ》がやってきます。

この制度では若い男や女が都に上って宮廷で働く。はじめのうちは言葉には訛りもあったでしょうがやがてそれも帝都風の言葉使いになってゆく。何年かの後には典雅な文化を身に付けて帰郷しそれを広める。人の行き来です。

彼らはそれぞれの地域の風俗を中央に齎しました。采女の中には選ばれて親しく床に侍る者もいる。それはそのまま地方の霊力を天皇に授けることでもあります。天皇は寝物語に遠い国の話を聞いたことでしょう。

更に物産が到来する。

天皇が食べる物は別格に扱われ、内膳司という部署が管理と調理に当たりました。これらを産する地域は御食国《みけつくに》と呼ばれました。

地域と産物を挙げてみれば――

山城国からは　雉《きじ》　鳩《はと》　鶉《うずら》　鴨《かも》　鯉《こい》
大和国からは　雉　鳩　鶉　鮎《あゆ》
河内国からは　雉　鳩　鯉　鱸《すずき》
和泉国からは　鯛　鰺《あじ》　烏賊《いか》　蛤《はまぐり》
摂津国からは　烏賊　鯉　鱸　鰺　鰕《えび》
近江国からは　鹿宍《かのしし》　猪宍《いのしし》　雉　鳩　鶉　鯉　鮒《ふな》

なかなかのグルメ文化なのです。

もっと大きな話では官僚制度が整って地方ごとに国衙《こくが》が置かれ、国司が派遣され、地域の行政を担ったということがあります。

人民が労働力として徴用される調という制度でも人々は動きました。兵士は防人《さきもり》として遠隔の地へ送られます。『万葉集』には彼らの歌がたくさんあります。

出雲の重要性

さて、『古事記』には出雲という大きな問題があります。

前の章の「神々」ではあまり深く考えずにいわばテクストの表層に沿って読んできまし

た。

しかし何かとわからないことが多い。例えば、先に引いたオホクニヌシとスセリビメが交わした歌のところ。ヌナカハヒメとの歌はこの種のものの典型で、男が共寝を誘い女が一度は拒むという内容です。同じような歌は他にもいくつかあります。求愛と一度の拒絶は当時の風俗ないし習慣であったらしい。後半が具体的にエロティックなところはスセリビメの返し歌とほぼ同じです（六六ページ）。

（今日の夕方）あの青山に日が沈んだら、やがて（ぬばたまの）夜が来るでしょう。私は朝日のように明るく微笑んで（あなたを迎え）、栲《たく》の布のように白い腕で（あなたを抱き）、泡雪のように白い胸に（あなたを抱き）、手と手を絡み合わせ、腿と腿をぴったり重ね合わせて思うかぎり共に夜を過ごしますから、（今は）そうむやみに恋い焦がれませぬよう……

それはそうなのだけれど、なぜここでスセリビメを差し置いてヌナカハヒメの方が先に置かれているのか？　この話は「さて八千矛神（ヤチホコのカミ　ヤチホコ）は高志《こし》の国の沼河比売（ぬなかはひめ　ヌナカハヒメ）を妻にしようと思って出かけた」で始まります。

高志の国は越、後の旧国名で言えば越前・越中・越後と三つに分けなければならないほど広大な地域でしかも出雲からはずいぶん遠い。そんなところまでオホクニヌシが行ったというところが眼目です。続く歌でも「八千矛の　神の命は／八島国　妻枕《つまま》きかねて／遠遠し　高志の国に／賢《さか》し女《め》を　有りと聞かして……」と遠さが強調されています（「妻枕きかねて」は妻とする女を見つけられなくての意）。

つまり『古事記』はこの歌ひとつでオホクニヌシの勢力圏の広さを恋の歌に托して伝えているのです。それとなく、しかしその気で読む者の目には明らかにわかるように。

更に、「国譲り」とされる一連の話の終わりで武神タケミカヅチはオホクニヌシの息子である力自慢のタケミナカタを屈服させ、「これを追い掛けて科野《しなの》の国の洲羽《すは》の海まで追い詰めて殺そうとした」とあります。この地名、信濃の諏訪湖です。ここまでが出雲のオホクニヌシの支配下にあった。日本海側からは今の糸魚川から姫川を遡上した先の山の中。

考古学者は糸魚川で産した翡翠の交易ルートは広くて、諏訪湖のあたりが日本で唯一の翡翠の産地と言います。いちばん遠いところでは現青森県の三内丸山遺跡でも見つかっています。現代でも糸魚川は翡翠の細工物の名産地です。

（このような『古事記』における出雲の重要性について改めて知ったのは三浦佑之さんの『出雲神話論』と『「海の民」の日本神話　古代ヤポネシア表通りをゆく』を読んだからでした。正に目を開かれるという読書体験でした。以下、この本に沿って出雲のことを考えます。本書によればスサノヲとオホナムヂ（オホクニヌシ、アシハラシコヲ、ヤチホコ）についての記述はヲロチ退治から「国譲り」まで、『古事記』の二十九パーセントを占めるということです。しかし『日本書紀』には出雲はほとんど出てきません。一般に「記紀」とまとめられがちですが、この二書はまるで性格が異なると三浦さんは言われます。執筆・編集の政治的な目的が違う。そのつもりで読んだ方がいいでしょう。）

出雲を高天原の勢力が奪った？

出雲について地名の整理をしてみましょう。

まずスサノヲは父であるイザナキから**海原**を治めよと言われました。

しかし彼はそれを拒んで大泣きに泣き、自分は**妣《はは》の国・根の堅州国**に行きたいのだと言います。そして父に追放されて根の国に行く前に挨拶をとアマテラスのところへ行き、乱暴してまた追放されて**出雲**に行きます。そこでヲロチを退治してスセリビメを妻にして安住しました。つまりこれらの神話的地名はあるところまで重なっていると考えられます。

スサノヲの娘婿であるオホクニヌシは出雲から始めて広い領域を平定し、高志まで広がる安定した国を作りました。

次の地名を口にするのはアマテラスです。

アマテラスは「**豊葦原之千秋長五百秋之水穂国**（とよあしはらの・ちあきの・ながいほあきの・みずほの・くに）は私の子である正勝吾勝勝速日天之忍穂耳命（マサカアカツ・カチハヤヒ・アメノ・オシホ・ミミのミコト）が治めるべき国である」と宣言してオシホミミを下界に遣しました。オシホミミは天の浮橋まで行って下を見て「ずいぶん騒がしいようです」と報告する。それを聞いたタカミムスヒが「**葦原中国**《あしはらのなかつくに》には猛々しく乱暴な国つ神どもがたくさんいるらしい」と言って派遣すべき神の選別にはいります。ここで**豊葦原之千秋長五百秋之水穂国**は地上世界が自分たちのものになった時のあるべき姿を予め呼ぶ美称としての名でしょう。だからこんなに長くて大げさになるのです。それに対して**葦原中国**は未だ混乱の中にある地上の蔑称だと考えられます。そういう目でしか見ていない。

ではオホクニヌシ自身は自分が営々と建設に励むところをなんと呼んでいるか？　ただ**国**なのです。自分の国なのだから他の名を与える必要はない。

ここで高天原と出雲を対等の場に置いて見ると、完成した出雲世界を高天原の勢力が奪ったという構図になります。これが「国譲り」の実態ではなかったかというのが、ぼくが大雑把にまとめてしまえば、三浦さんの説くところです。国譲りという言葉は『古事記』にはないわけで、実際これが作られたのは近代になってからのことでした。平和裏な譲渡と見えて実はそこには大和勢と出雲勢の戦いがあったのではないか。タケミナカタの恭順はそれを象徴的に表しているのではないか。

大和の側が地上世界のヘゲモニーを得る前に出雲との抗争があった。

そのことをどこまで後世に伝えるか、『古事記』の作者は微妙な位置に立たされました。『日本書紀』の方は無視で進みます。出雲など無かったことにする。しかし『古事記』は、これが書かれた時点で出雲はもう弱体化していたとしても、何か残さなければならないと考えました。そうでないとこの国の歴史にならない。これはぼくの推測ですが、ヌナカハヒメの歌を先にしたのは高志という地名を出すためではなかったのか。

『古事記』と『日本書紀』は大和の権威と権力が確立してから国の威信を誇示するために時を遡って書かれた書物です。

しかし両者の間には大きな違いがあります。『日本書紀』は基本の物語の他に「一書に曰く」として異説を並べています。一種の客観性を目指したところがある。『古事記』の方は一筋の物語として書かれています。

『古事記』が出雲のことを詳しく書いたのはひょっとして出雲の神の祟りを恐れたからではないかと思いつきました。実際にその力はそこにあったのだから無かったことにはできない。それは負のエネルギーを閉じ込めてしまってはいつか暴発するかもしれない。内圧を逃がす排気弁として書いておく。それが勢いがついてずいぶん大きくなった結果が今の

『古事記』ではないか。

最近の考古学は例えば出雲の荒神谷遺跡から三百五十八本の銅剣、六個の銅鐸、十六本の矛がまとまって出てきたと報告しています。時期は弥生中期ですから神話の時代と重なると言えます。

更に古代の出雲大社は高さが四十八メートルあったことがわかっています。直径一メートルの大木を三本束ねて柱とした、その跡が出土したのです。そこに向かう階段は長さ百メートルを超えます。

伊勢神宮とはまったく異なる理念に基づいた巨大建築。

それだけの財政規模がこの国にはあったことの傍証と言えるでしょう。

民話的な天皇たち

戦闘場面が少なく、従って武勲を誇ることが少ないのも『古事記』の特徴です。初代神武天皇のところに少しあるばかりでそれ以降の天皇たちは「猛々しく乱暴な国つ神ども」を相手の戦いをほとんどしていません。散発的に掃討戦が少しあるばかりです。

そこが例えば『平家物語』とは違います。あれは平家と源氏という二つの拮抗する勢力があったからこそ戦いの話になりました。現実の歴史では壬申の乱の時に大友皇子と大海人皇子がそれぞれ自派の勢力を率いて戦いました。しかし『古事記』や『日本書紀』にはそういう構図はありません。高天原が出雲勢に迫り、後者が国を差し出したかのように書いてある。

天皇たちの正統性を立証するのがこの二書の目的です。『日本書紀』はそのままに書かれました。しかし『古事記』はそれをさまざまに逸脱します。初代神武天皇は神話的でしたがその後の天皇たちはむしろ民話的です。人間サイズという気がします。

下巻の初めに置かれた十六代仁徳天皇が歴代の中でも有名なのは明治以降の「国史」教育の場で大きく扱われたからでしょう。統治を始めて間もなく、山の上に立ってみると民家から炊事の煙が立っていない。料理するものがないほど貧しいのだと知って税を三年に亘って免除した、という儒教的な徳の政治が紹介されたからです。「その結果、宮殿は壊れても壊れたまま、雨が漏っても修理もせず、器を置いて滴る雨水を受けつつ、雨漏りの箇所を避けて暮らした」というのはリアリティーがあってなかなかいい。しかしこの天皇に割り当てられた、ぼくの現代語訳のページ数で言うと二十ページ以上の中でこのエピソードが占めるのはわずか十一行、残りはもっぱら嫉妬深い正妃イハノヒメとその他の女たちと天皇の仲を巡る話、言ってみればゴシップです。これをどこか滑稽な話として書くポジションが確保されていることに感心します。

その途中で養蚕の技術が渡来するという話が挟み込まれたりする。
ぜんたいにこの調子なのです。

(『古事記』の現代語訳を始めた時、ある人が「池澤さん、『古事記』って天皇制讃美の本でしょ。左翼の池澤さんがそんなの訳していいんですか?」と聞きました。左翼はともかく、天皇制讃美でないことは読めばわかります。たくさんの人が戦前に広められた『古事記』のイメージをまだ信じている。だからこそ訳したことに意義があったと今ぼくは思っています。)

『古事記』と『日本書紀』、ほぼ同時期に発表されています。執筆も並行して進められただろうし史料も共有したはずです。しかし方針はまったく違った。その典型が出雲の扱いです。二つの執筆グループ、つまり文化官僚たちの間に確執はなかったのか? 想像するとおもしろいですね。

朝鮮半島と頻繁な行き来

この章の最初に地理の話をしましたが、ちょっと視点を変えて広域で考えてみましょう。

彼らの日本地理の知識は大雑把に言って東は相模、東京湾の入口にある走水から海を渡った安房、北に上って筑波あたりまでだったようです。ヤマトタケルがオトタチバナヒメの自己犠牲で渡ったのがこの浦賀水道でした。『日本書紀』には仙台に近い竹水門という地名まで出てきますが、どうもこれは後日の追加らしい。

広域の地図だと朝鮮半島が視野に入ってきます。

これはこの先の「天皇列伝」のところでしばしば出てくる話題ですが、朝鮮半島の任那や新羅、高句麗、それに大陸の魏や宋との間には頻繁な行き来がありました。遣唐使や遣隋使のことはよく知られていますが、朝鮮半島はずっと近いので貿易や人の交流だけでなく、政治的な敵対と友好を含めて密接に倭の国すなわち後の名で呼べば日本と繋がっていました。どこと結ぶか、外交はまさに合従連衡の駆け引きでした。その背後に魏と宋の権威がある。

むしろあちらの側から見たほうがわかりやすいかもしれません。

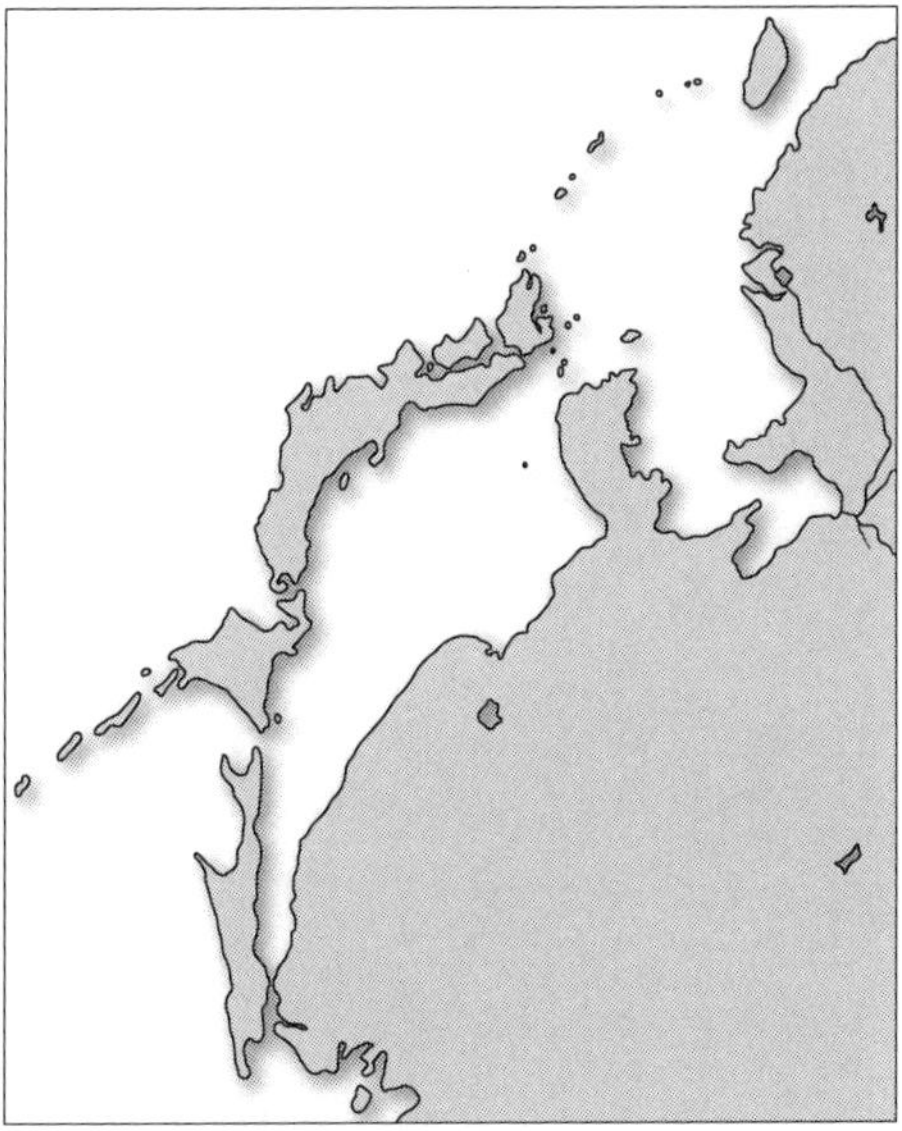
アジア大陸の上に架かった虹としての日本列島と南西諸島

ふだん見慣れた地図を上下ひっくり返してみると、大陸の上空に日本列島が虹のように懸かっているという図が見えます。そこに向かって伸びているのが朝鮮半島で、地政学的な重心はずっしりと大陸の内部にあったという印象です。古代人にとって日本列島の向こう側は果てしない空白でした。この倒置の地図をぼくはずいぶん前に思いついたのですが、みんなが考えつくことらしく今では（富山県の公式サイトなど）よく見かけます。

先に住吉大社の三神のことを話しましたが、朝鮮への海路を護るのは宗像三女神と呼ばれる神々です。その名のとおり三人の女神の宮が、まず今の福岡県宗像市にある辺津宮《へつ》、その沖の筑前大島にある中津宮、そしてずっと沖の沖ノ島にある沖津宮とほぼ一直線上に並んでいます（この内の沖ノ島は禁制の島でほとんど人が上陸したことがなく、そのために貴重な遺物がたくさんあって海の正倉院とも呼ばれています）。この三人の女神はアマテラスとスサノヲの対決の「うけひ」の時にスサノヲの剣から生まれたというのですから大変に格の高い神々です。遣唐使はこの三つの宮に詣でて航海の無事を祈願してから出発しました。それでも海難は少なくなかったのですが。

朝鮮までの航路について『万葉集』巻十五に遣新羅使の旅を主題とする一連の歌があります。長歌短歌あわせて百四十五首。「遣新羅使人等《けんしらきしじんら》、別れを悲しびて贈答《ぞうたふ》し、また海路《かいろ》にして情《こころ》を慟《いた》みして思ひを陳《の》べ、幷《あは》せて所に当たりて誦《うた》ふ古歌」という題詞が付いています。繋げて読むとちょっとした物語になります。

彼らが難波津を出発したのが天平八年（七三六年）、つまり『古事記』の成立から二十年ほど後のことでした。この前年には遣唐使の玄昉と吉備真備が帰国しています。公務だけを見ても行き来の盛んな時代であることがわかります。

公式の使節団ですから陣容も大きく、延喜式によればその参加者は、入新羅使、判官、録事、大通事、史生、知乗船事、船師、医師、少通事、雑使、傔人、鍛工、卜部、柂師、水手長、挟杪、水手。この旅路の不安、故郷に残した家族への思い、また残された側の思いなどを歌が綴っていきます。この中でぼくが好きなのが――


君が行く海辺の宿に霧立たば、吾《あ》が立ち嘆く息と知りませ　（3580）

あなたがいらっしゃる海辺の泊り場所で、霧が立つようなことがあったら、それはこちらにいる私が、立ち出て溜め息吐《つ》いている、その溜め息が、霧とかかったんだと考えて下さい。（口語訳は折口信夫）

夫を送り出した若い妻が詠んだものですが、実際にはそういう状況として編者の大伴家持が作ったらしい。人の心の動きと自然現象が呼応する、それを歌はすくい上げる、という日本の歌の原理そのままの作です。

ちなみにこの使節団の旅は結果から言えば途中で死者は出るわ、公務である新羅との交渉には失敗するわ、帰国は大幅に遅れるわ、と散々な結果に終わりました。

こんなのが古代の船旅でした。

しかし人々がこうして海を渡ることで文明は齎されたのです。

航海の技術を持っていた安曇族や宗像族の繁栄、彼らの信仰の拠点だった住吉大社、博多の沖の三つの神社、等々を考えると『古事記』の時代の日本にとって海がいかに重要だったかがわかります。

『古事記』の神話の地理的根拠を考えてみましょう。

歴史学はもちろん考古学も何も教えてくれません。

ここは比較神話学の出番です。神話そのものの中にどれだけ地理的要素を読み取ることができるか。

天孫降臨は、「地上の支配者となるべき者が天から高い山の頂に降り立った」ということを骨子としています。

同じような神話を海の向こうに求めてみると朝鮮からアジア大陸の内部の方にいくつも見られます。たとえば朝鮮の檀君神話では、天帝桓因が子の桓雄に三つの天符印を与えて、風伯、雨師、雲師ら三千人の部下と共に太伯山（今の妙香山と言う）の神檀木の脇に下ろし、そこに神市という国を興させた、とあります。

似たようなものでは亀旨峰の話。天から集まれという声がするので村人が集まってみると、そこに紫の紐が垂らされてきた。地に着いたところに行ってみると紅の布に包まれた金の箱があった。開けてみると卵が六つ出てきた。その一つから孵った偉丈夫が王となった、というもので垂直軸が共通します。

しかし天孫降臨にはもう一つ大事な要素があって、それは稲です。アマテラスの子がオシホミミ、その子がホノニニギ、その子がホヲリ、みな稲の穂を読み込んだ名で、その他にクシナダヒメ、すなわち秀でた稲田の姫という名もやがて登場します。

稲は南方の作物で朝鮮に入ったのは神話成立のずっと後です。それから日本に渡った。

日本列島に人が渡ってきた経路は三つ考えられます。一つは中国南方から台湾、与那国、そして南西諸島を経て九州に来たもの、一つは朝鮮半島から対馬を経て九州北部に来たもの、三番目は沿海州からサハリンを経て北海道に来たもの。どれもあったでしょうが古代史において最も近くて太かったのは朝鮮半島です。ただし、大きな構造船が造られるようになる前、丸木舟の段階では対馬海流は渡れなかったという説もあります（亀山勝）。となると稲はまず南方から来たのかもしれない。

天孫降臨は北方的要素と南方由来の要素が朝鮮半島の南で合わさって渡来したことを表していると思われます。檀君の三つの天符印は三種の神器かもしれませんし、風伯たちはホノニニギに付き添った五名かもしれません。

第五章

天皇列伝

「天皇」の呼称は日本だけ

さて、天皇です。

初めに、天皇というのは日本だけの呼称でその実体は王であることを確認しておきましょう。要は一国の長である君主ということ。ヨーロッパで king とか roi あるいは könig と呼ばれる存在と同じなのですが、中国で皇帝という言葉が使われたのに倣って、皇の字だけを借りてその上に天の字を加えて天皇としました。もともと「王」という字は王様の威厳を示すために玉座の前に置く鉞《まさかり》の象形でしたが、この上に玉の飾りを乗せたのが「皇」の字。秦の始皇帝が自分は「王」よりも格が高いと示すために用いたのが始まりです。それを日本で流用して「天皇」となりました。西欧諸語では皇帝は emperor ですが、これはローマ帝国に由来します。

この言葉が作られたのはもっぱら国の威信のためで、ですから対外的な『日本書紀』にはあっても国内向けの『古事記』では使われません。こちらではもっぱら「おほきみ」とか「すめらみこと」です。だからぼくは現代語訳『古事記』では「天皇」は使わなかった。

この言葉に対してぼくたち日本人は特定の反応をします。何よりもたった今の政治と社会の現場において今上とその家族は大きな位置を占めている。そのふるまいは注目され何かと話題にもなる。

十九世紀以降、世界の主要な国が王制を廃止しました。今も残っているのはイギリスと日本、オランダ、サウジアラビア、タイ、ブータンくらいで、さほど多くはありません。十三世紀以来の長い王統を誇っていたエチオピアも一九七四年に王制を廃止しました。政治の形態として王制はその時の王という個人の資質・性格に国が大きく左右されるという欠点があります。名君ならばいいけれど暗愚の君では悲惨なことになる。

古代、つまり古墳時代、すなわち『古事記』が書いた時代からしばらくの間、天皇は他の国と同じ普通の王でした。つまり君臨し、統治し、国内の諸勢力を押さえ込み、覇権争いも盛んでした（この時期の天皇たちについてはこの列伝で詳しく話しましょう）。

しかし九世紀に摂関政治が成立すると、天皇は政治の背景に下がります。十二世紀になって武士が政権の座についてからはいよいよ影が薄くなりました。政治の場で活躍しようと試みた後醍醐天皇や後鳥羽院なども歴史に登場したけれど結局は敗退しており、主権を取ったことはありませんでした。例えば鎌倉時代から任意に一人を選んでみるとして、九十二代伏見天皇は政治的な意欲はあったもののみな線香花火ないしコップの中の嵐で、この人が後に名を残したのは能書家であったことと歌人として優れていたからでした。江戸期でみても、一〇九代明正天皇は女帝であったこと、母が徳川家の出であったこと、在位十四年などを除いてとりわけの事績がありません。

摂関政治になってから幕末まで六十数代の天皇たちは（例外を数えればきりがないでしょうが）もっぱら宮中祭祀と文化活動に力を注ぐことで安泰に在位期間を過ごしたと言えます。それが皇統がこれほど長く続いた理由でしょう。実際、宮廷は文化サロンとして機能していましたし、それが実際に実を結んでいました。

担ぎ出された天皇

しかし次の時代を迎えて天皇は変わります。

十九世紀なかば、諸外国からの開国要求を徳川幕府は扱いかねて開国に傾き、それが尊皇攘夷という運動を引き起こしました。尊皇は天皇を尊ぶということで、ここで天皇という地位は急に脚光を浴びることになりました。後鳥羽院や後醍醐天皇のように自ら倒幕を目指したのではなく、反幕府派の諸勢力に呼び出される形で最終的に新生国家の頂点に座を得た、あるいは据えられたのです。ちなみに攘夷の方はたった二日の戦いで相手の軍事力を覚った薩摩藩がさっさと引っ込めてしまいました。長州も同じこと。血気逸って刀を振り回してもどうにもならない相手だったわけです。

かくして天皇は担ぎ出されました。これを担げば「官軍」ということになる。先手必勝のゲームのようなものでした。

開国して欧米諸国に伍してゆくには国としての一体感が必要で、その裏付けはナショナリズムという思想です。徳川幕府の権威では国はまとめきれないというので日本はそれまでの疑似共和制から君主制に変わりました。しかし王政復古とは言っても王政があったのは古代のことで復古はそこまで戻らなければならない。具体的な政体のモデルなどなかったので実際には西欧をモデルにした新しい制度を一から作ることになりました。やがて憲法が発布され議会もできて立憲君主制の大日本帝国が生まれました。

そういうわけで明治天皇はそれまでの文弱なイメージとはまるで違う姿で国民の前に立ちます。勲章をたくさん並べた大礼服を着て儀式を主宰し、国内を巡幸して人々の目に自分を見せ、戦争ともなれば広島に移された大本営まで行って督戦に励む。積極的で行動的な姿は国民の尊崇と敬愛を集めました。文明開化の流れは定着して世代わりが進み、清などのように植民地化されることもなく、日清戦争には勝って日露戦争も実質引き分けで終えることができました。国家としての実力でもありまた幸運の結果でもあったと言えます。

その一方、明治天皇には文化の面で祖先を引き継ぐ意思もありました。生涯に九万首の和歌を詠んだのがその現れですが、西洋の国の多くがキリスト教を精神的な軸としているのを知って、その代わりに神道を立て、宮中の行事を執り行い、伊勢神宮に参拝するなど、松本清張が言うところの「象徴の設計」も一つの手法でした。神道が国家単位の宗教であって個人の救いのことなど念頭になかったことは明らかです。廃仏毀釈が多くの寺を壊しただけでなく（鹿児島県ではそれがとりわけ顕著だったと言われます）、官幣大社が栄える一方で小さな鎮守の森はつぶされました。南方熊楠はこれに反対する運動を起こし、彼の「神社合祀に関する意見」は多くの賛同を集めました。

近代化と後継者問題

明治天皇には皇后のほかに、側室が五名いました。生まれた子は十五名。そのうちで成人して次代の天皇になった唯一の男子は側室の子でした。その子、大正天皇はもう側室を置かず、四人の男子を得ました。女官たちは自分の家から通うようになりました。近代的な一夫一婦制に移行したのです。

しかしこの改革には継承者を得られるか否かというリスクがつきまといます。『古事記』の天皇たちが多くの女性に子を生ませた理由の一つもここにありました。ちなみに近代のヨーロッパでは各国の王室どうしが王子や王女のやりとりをしています。イギリスのハノーヴァー朝は二百年近く続いて最後をヴィクトリア女王で飾りましたが、もとはドイツの名家でした。一八二九年に近代国家として独立したギリシャは王国の体裁を整えるためにドイツやデンマークの王子を連れてきて国王にしました。それに続く王たちにとってもギリシャ語は母語ではありませんでした。たぶん挨拶くらいしかできなかったでしょう。国家の飾りでしかなかったのだから戦後になって王制が廃止されたのは当然でした。

大正天皇は病弱の故もあって途中で公務を退き、皇太子裕仁が摂政を務めました。大きな戦争もなく比較的おだやかな時代でした。

しかし次の昭和は波瀾万丈、国は存亡の危機に見舞われ、天皇の社会的性格は敗戦を機に大きく変わります。裕仁は戦前は軍国の象徴であり、戦後は平和の象徴。これについてはこの本の範囲を超えるのでこれ以上は述べません。この人も側室は置かず、皇后良子《ながこ》との間に二男五女を授かりました。彼女は十二人を生んだ与謝野晶子と同じように多産でした。

次の平成期の天皇は明仁。戦後の平和の天皇としての父の方針を積極的に拡大して、国の天皇ではなく常に弱者の側に立つ国民の天皇という新しい像を作り上げました。皇族とその周辺の候補からの選択ではなく民間の女性を恋愛によって獲得したという点で画期的で、結果から見ればこの人選は公務でも私生活でも大成功でした。二人の間には男子二名女子一名が生まれました。

そして次は……

今のところ百二十六代続いた皇室の存在は安定しているように見えますが後継者の問題

は続きます。

国家を建設したとされる初代神武天皇

現代を離れて歴史以前の神話の世界に戻りましょう。

初代**神武**天皇・神倭伊波礼毘古命（カム・ヤマト・イハレビコのミコト）。以下は神武と呼びます。

父はウガヤフキアヘズ、母はタマヨリビメ。

天孫として地上に降りたホノニニギの子のホヲリの子のウガヤフキアヘズの子。実際に葦原中国を治めるべく活動を始めるのはこの人物であり、その故に初代の天皇とされるわけです。

なぜホノニニギ自らが動かなかったのか？　間に入った二人にはどんな役割があったのか。ぼくは海洋系の血統を導入するためではなかったかと考えています。ホヲリは山幸彦であり、海神ワタツミの娘のトヨタマビメを妻にしてウガヤフキアヘズを生んだ。そのウガヤフキアヘズはトヨタマビメの妹のタマヨリビメを妻として神武を生んだ。つまり神武の血の四分の三までは海神に由来するのです。天から来た者と海から来た者の間に生まれた子が地上を支配しようとする。彼の前に広がるのは未知の大地です。

実際にはこれは豪族たちの力関係の反映であったかもしれません。天皇の血統が海の向こうから来たことを神話として天から来たと表現した。元からいた者は国つ神と呼ばれ、いちだん低い存在、征服されるべき者と見なされました。

従って、神武の責務はこの国つ神たちを平定して国家を建設することです。

天から降り立ったのは高千穂です。兄の五瀬命（イツセのミコト）と相談してやはり東に行こうと決める。これは大和朝廷ができてから作られた神話ですから高千穂を始点とすれば東以外に行く先はない。兄は弟の事業に協力します。二人は日向から筑紫に上り（これは九州南部から北部へというくらいのこと）、ここで一年待ち、安芸の国で七年、吉備で八年を過ごして、浪速《なみはや》の渡《わたり》に到りました。これは今の難波でしょうか。この先の和泉のあたりで兄は地元勢の反撃の矢を受けて戦死します。

その後、神武たち一向が熊野に入ると大きな熊が出てきてすぐに消えます。するとみんな眠ってしまう（この形の危難は後にヤマトタケルの帰路でも起こります）。のんきに寝ていると土地のタカクラジという男が剣を持ってくる。それで目が覚めて事情を聞けば、夢の中にタケミカヅチ（オホクニヌシから出雲をぶんどったあの武張った神です）が現れて、神武の危機を救うためにこの剣をおまえの蔵に置くから神武のところへ持っていけと言ったとのこと。今ならば武器供給ですね。

高天原の支援は続いていて、次にはタカミムスヒの神（アマテラスよりずっと上位）の忠告がありました。「その先には荒ぶる神がうじゃうじゃいる。八咫烏《やたがらす》を送るからその後を追ってゆけ」と言う。いわば偵察ドローンの先導ですね。

そういう風にして妨害する者を排除しながら進む。これが征服と国家統一の実態です。

この先で語りの中に歌がたくさん入ってきます。

『古事記』でここだけにある戦闘的な歌、いわば出陣前の戦意高揚の歌で、まとめて久米歌と呼ばれています。

例えば――

みつみつし　久米（くめ）の子（こ）らが
粟生（あはふ）には　韮一本（かみらひともと）
そ根（ね）がもと　そ根芽（ねめ）つなぎて　撃（う）ちてし止（や）まむ

（みつみつし）久米の兵士たちの粟の畑にニラが一本。それを根も芽もまとめて引っこ抜くように、討たずにおくものか。

どの民族でも初期には武勲の歌があるものですが、『古事記』にはそれが殆どありません。久米歌はその例外的なものです。ところが大東亜＝太平洋戦争の時、久米歌は戦争遂行のために利用されました。「みつみつし　久米の子らが　撃ちてし止まむ」ばかりが強調されたのです。

同じような話に金鵄《きんし》があります。これは先の八咫烏に似ていますが『日本書紀』にしか登場しない金の光を放つトビです。これの力で敵に勝つことができたというので明治二十三年（一八九〇年）に「金鵄勲章」という勲功章が作られました。たしかに「八咫烏勲章」ではあまり勇ましくない。漢字は音読みの方が勇壮に響くものです。余談ながら戦時中、「ゴールデンバット」という煙草の名が英語だというので問題視され「金鵄」と改められました。戦争とはアホなものです。

征服なって神武は「荒々しい神たちを説得して服従させ、反抗する者どもを打ち負かして、畝火《うねび》の白檮原宮《かしはらのみや》に住んで天下を治めた」とあります。この「××に住んで天下を治めた」というのが即位したということで、この形式はこの後のすべての天皇について使われますしこの章でも踏襲します。畝火は畝傍《うねび》、奈良盆地の地名で大和朝廷が正にこの地に居を定めたことを証しています。

神武はホトタタライススキヒメを妃にしました。この名のことは後で書きますが、この妃の父はオホクニヌシです。つまり皇統には初めから出雲の血が入っている。高天原と中つ国の結婚であったとも言えます。

神武は百三十七歳で亡くなり、御陵は畝火山の白檮《かし》の尾根にある、とあります。寿命と御陵の位置はだいたいどの天皇についても書かれています。実在の古墳に比定されているものもありますが、これが正しいとは限らない。考古学者・歴史学者は調査をしたいと言いますが管轄する宮内庁は認めません。奈良県橿原市大久保町にある神武天皇陵の実体が何なのかは不明のままです。その一方、二〇二二年四月二十二日、秋篠宮夫妻はここに参拝しています。つまり墓所として現役ということです。シンボリックでしかないのですがシンボルは侵しがたい。

実在しなかった？ 二代から九代

二代綏靖《すいぜい》天皇・カムヌナカハミミは葛城《かづらき》の高岡の宮に住んだ。この天皇は四十五歳で亡くなった。御陵は衝田《つきだ》の岡にある。

三代安寧《あんねい》天皇・シキツヒコタマデミは片塩の浮穴の宮に暮らして天下を治めた。この天皇は寿命は四十九歳。御陵は畝火山のホトにあたるところにある。

四代**懿徳**《いとく》天皇・オホヤマトヒコスキトモは軽《かる》の境岡《さかひをか》の宮に住んで天下を治めた。この天皇は四十五歳で亡くなった。御陵は畝火山の真名子谷《まなごだに》の上にある。

五代**孝昭**《かうせう》天皇・ミマツヒコカヱシネは葛城の掖上《わきがみ》の宮に住んで天下を治めた。この天皇は九十三歳で亡くなった。御陵は掖上の博多山の上にある。

六代**孝安**《かうあん》天皇・オホヤマトタラシヒコクニオシビトは葛城の室の秋津島の宮に住んで天下を治めた。この天皇は百二十三歳で亡くなり、御陵は玉手の岡の上にある。

七代**孝霊**《かうれい》天皇・オホヤマトネコヒコフトニは黒田の廬戸《いほど》の宮に住んで天下を治めた。この天皇は百六歳まで生き、御陵は片岡の馬坂の上にある。

八代**孝元**《かうげん》天皇・オホヤマトネコヒコクニクルは、軽の堺原の宮に住んで天下を治めた。この天皇は、五十七歳にしてみまかった。御陵は剣池の中の岡の上にある。

九代**開化**《かいくわ》天皇・ワカヤマトネコヒコオホビビは春日の伊邪河《いざかは》に住んで天下を治めた。この天皇は六十三歳で亡くなった。御陵は伊邪河の坂の上にある。

二代から九代まで八人の天皇を並べたのには訳があります。この八人の記事は系譜ばかりで具体的な行いの記述がまったくないのです。僅かに八代孝元天皇の系譜の中に建内宿禰（タケウチのスクネ）の名があるくらいで、これは後に十二代景行から十六代仁徳まで五代の天皇に仕えた名陪臣として知られています。

この八名の天皇は実在しなかったのではないかと昔から疑われ、欠史八代と呼ばれてきました。それでも陵墓はあって例えば孝元天皇は奈良県橿原市石川町にある前方後円墳に葬られているとされています。

なぜ初代神武から十代崇神までの間を架空の天皇で補ったのか。建国を遠い昔に持っていって国としての威信を高めようとしたのかもしれません。実際、彼らがみな二十歳で即位していたとするとこの措置によって建国は四百二十一年早まります。その他に異常に寿命の長い天皇が多いのも同じ理由によるのではないでしょうか。

皇紀の始まりを西暦のBC六六〇年とするのは『日本書紀』に基づくものですがあまり根拠はありません。実際には神武天皇に当たる人物が大和で即位したのはAD一〇〇年くらいが妥当ではないかというのが通説です。

こういうことが活発に論議されるようになったのは戦後のことで、津田左右吉は論理的分析によって十五代**応神**以前の天皇は架空のものだという学説を発表しました。しかしこれによって彼は一九四〇年（昭和十五年）に出版法違反で逮捕され、著書は発禁になりました。

本格的な統治の始まり

十代崇神《すじん》天皇・ミマキイリヒコイニヱは、師木の水垣宮に住んで天下を治めた。

この人からが本格的な天皇です。系譜だけでなく事績がいろいろ並びます。

まず、疫病がはやりました。これは天皇の責任ということになります。神床という特別の座を設えて待つとオホモノヌシが夢に現れて、この疫病は自分がしていることでオホタタネコという男を探し出して自分を祀らせるならば収まるだろうと告げました。探してみると河内で見つかった。オホモノヌシから四代の子孫であるというのでこの男を三輪山の神社の神主にして祀らせると疫病は速やかに終息しました。

ここで注目すべきことはこのオホモノヌシという神がオホクニヌシと同じ神格ではないかと言われていることです。そして三輪神社は大変に政治力のある大事な神社でした。その名にある「モノ」は精霊の意で、そういう抽象的なものを含む名としてはオホクニヌシの「クニ」と同じと言えるでしょう。

あるところにイクタマヨリビメという美女がおり、見知らぬ美しい男がここに通ううちにヒメは懐妊します。母親が怪しんで「その男の着物の裾に糸を刺しておきなさい」と命じ、そのとおりにして帰った男の跡をたどると三輪山の神社に行き着いたので、この神が生まれる子の父とわかったということです。その子の曽孫がオホタタネコでした。「モノ」は時に祟るのです。

先のもの言わぬ子といい、この話といい、オホクニヌシを通じて出雲の力を少しずつ大和側に融合していったという印象があります。

その一方、更なる国土の平定の話もあって、崇神天皇はオホビコという人物を高志の国(後の越前・越中・越後)に派遣しています。オホビコは八代孝元天皇の子ですから崇神には祖父の子すなわち伯父にあたります。

越の国にゆくと少女が現れて、

ミマキイリビコさん、ミマキイリビコさん、どうしたの? あなたをこっそり殺すつもりの怪しい者が 裏の戸から行き違い、表の戸から行き違い、狙われているのも知らないで、ミマキイリビコさん。

と歌いました。何を言っているのだと問うても「私は歌を歌っただけ」と言って姿を消してしまいました。ミマキイリビコは崇神天皇の名です。取って返して告げると天皇は「それは腹違いの私の兄が謀反を企んでいるということ」だと言ってオホビコを派遣してこの兄を討ち取らせました。

崇神天皇は百六十八歳でみまかり、その御陵は山辺の道の勾《まがり》の岡にある。

十一代垂仁天皇

十一代垂仁《すいにん》天皇・イクメイリヒコイサチは師木に玉垣の宮を造って天下を治めた。

この人の話では妻にしたサホビメの悲話がおもしろいのですが、これは自分の意思で動く女性の鑑なので次の「女たち」の章で話しましょう。

また子のホムチワケがずっと口をきかないわけを夢で神に問うて出雲に参拝させたことは「地政学」の章で書きました。

サホビメを失った垂仁は彼女の言い残した言葉に従って九代開化天皇の血を引く娘たちを妻に迎えようとしましたが、到着したヒバスヒメ、オトヒメ、ウタゴリヒメ、マトノヒメの四人のうちヒバスヒメとオトヒメを手元に置いて残る二人は顔が悪いというので親元に帰しました。マトノヒメは「同じ姉妹なのに顔がみっともないと言われて送り返されるなんて、ご近所にも知れ渡るし、こんな恥ずかしいことはないわ」と言って途中の山で首を吊って死んでしまいました。これはホノニニギとコノハナノサクヤビメ並びにイハナガヒメの話とほぼ同じルッキズムの話です。この時はそれでは天皇の命は岩のように長くではなく花のようにはかなくなるでしょうと岳父に言われます。しかし垂仁天皇の場合は特に何も起こりませんでした。

垂仁天皇はタヂマモリという男を常世の国に送って、トキジクノカクノミという時を経ても芳香の消えない果実を持ち帰るよう命じます。これは橘のことなのですが不老不死の霊力があると信じられており、ともかくこの時期には日本にはないものでした。タヂマモリは首尾よくそれを得て持ち帰るのですが、彼が着いた時には天皇は亡くなっていました。彼は泣き叫んで遂に死んでしまいます。

不老不死のような中国の神仙思想が日本に入ってきてこういう形で受容されたことがわかります。垂仁天皇の時代にあったのではなく『古事記』が書かれた時には普及していてそれがここにはめ込まれたということでしょう。

この天皇は百五十三歳でみまかり、御陵は菅原の御《み》立野《たちの》にある。

十二代**景行**《けいかう》天皇・オホタラシヒコオシロワケは纏向《まきむく》の日代《ひしろ》の宮に住んで天下を治めた。

この天皇にはさしたる業績がありません。大事なのは小碓命（ヲウスのミコト）すなわちヤマトタケルの父であったということだけです。それも父はこの力あふれる子を恐れて遠ざけ、子の方はなぜ自分が疎んじられるのかわからないまま征旅に明け暮れた、という悲劇的な仲でした。

天皇は気の弱い人物でした。美濃に美しい姉妹がいると聞いてヲウスの兄のオホウスを遣って呼び寄せました。連れて戻ったオホウスはこの二人の美しさに目が眩んで自分のものにしてしまい、父には身代わりの凡庸な女二人を差し出しました。父は気づきましたが何も言わず、ただ身代わりの二人には手をつけませんでした。

天皇が使者を立てて美女を呼び寄せるがしかし女はその使者のものになる。このパターンは後に十六代仁徳天皇の時に使者を弟のハヤブサワケ、女をメドリという形で繰り返されます。しかしこの時はことを決めたのはメドリの意思でした。

更に、似たような話はイギリスのアーサー王伝説の中にもあります。マーク王はイゾルデ姫を呼び寄せるために騎士トリスタンを送ります。しかし王都に戻る途中の船の中で二人は恋仲になってしまう。二人の意思ではなく媚薬の扱いを間違えたためという言い訳がついていますがまあ確信犯でしょう。

ある時からオホウスはみなで摂る朝夕の食事の席に出てこなくなりました。父は弟のヲウスを呼んで「行ってねんごろに諭してこい」と言いました。それでも出てこないのでヲウスに「どう諭したのだ?」と問うと、「朝、明け方に、便所に入るところを待ち伏せして、引っ摑んで手足をもぎ取り、薦《こも》に包んで投げ捨てました」と答えます。劇的な展開で話の作りかたとしてもとてもうまい。これまでとはまるで違う文体と言えます。

父はこのとんでもなく粗暴な少年を身辺に置いておくと危ないと思い、九州平定という任務を与えて送り出しました。

英雄ヤマトタケルの冒険

ここからはヲウスことヤマトタケルを主役にしましょう。

彼は即位したことはなく、どこそこに住んで天下を治めたとも書いてないのですが、『古事記』の中では別格の扱いを受けています。出自から死までその生涯を精密に記述された人物は他にいません。その理由の一つは彼が一所に定住することがなくひたすら旅を続けたことにあります。ロードムービーの主人公だったのです。

英雄とは何か？　この言葉、始まりはギリシャ神話です。神ではないがしかし普通の人でもなく、知力と筋力と勇気に長けて常人にできないことを成し遂げる。具体的には例えばヘラクレスは十二の難行を成し遂げました――ライオン退治、水蛇退治、足の速い鹿の生け捕り、大イノシシの生け捕り、三千頭の牛を飼う牛小屋の掃除、怪鳥退治、凶暴な牛の生け捕り、人食い馬退治、女人族の女王の腰帯の奪取、紅い牛の奪取、黄金のリンゴの獲得、地獄の番犬の生け捕り。

王位に就くなどの目的があるわけではなく与えられた難題を次々にこなす。他の英雄を見れば、例えばテーセウスは若い時にはクレタ島の迷宮に住む牛人の怪物ミノタウルスを退治したりしますがその後はアテネの国王に収まって穏やかに暮らしています。オホクニヌシも同じことで若い時には兄たちに虐められ、妻を得るためにスサノヲの試練を受けますが、その後は為政者としての仕事はあっても冒険はありません。少年が成年になるための通過儀礼と見ることができます。

ヤマトタケルの悲劇性は国土平定の任務に終わりがないことです。ヘラクレスは与えられた使命を嬉々としてこなしていきます。自分の運命を疑うことがない。しかしヤマトタケルは次々に与えられる仕事に疲れて英雄らしからぬ弱音を吐きます。そして最後には力尽きて、帰郷することなく客死する。

最初の任務は九州の南に住む熊襲という一族を平定することでした。大和から見れば彼らは不帰順民です。王威に歯向かう者です。その頭領はクマソタケルという二人兄弟でした。

この時はまだヲウスという名だったヤマトタケルはまず伊勢神宮の斎宮である叔母ヤマトヒメのところに寄って女の着物を分けてもらいます。そして九州へ下り、クマソタケルの屋敷に行ってみるとちょうど新しい部屋が竣工したというので祝いの準備中でした。ヲウスは少女の姿になって懐に剣を隠して屋敷の中に入ります。そして宴席に酒食を運ぶうち、なにしろ美貌ですから主人二人の間に坐らされました。宴たけなわという頃、彼は剣を抜いてクマソ兄を刺し殺しました。クマソ弟が逃げるのを追って階段の下で追いつき、尻から剣を刺し通す。

相手は「ちょっと待って」と言い、「あなたは誰か？」と問う。

ヲウスは名を告げます。

するとクマソ弟が「これからはヤマトタケルと名乗りなさい」と言うのを聞いた上で、「熟れた瓜を切り裂くように切って殺した」と『古事記』にはあります。

次は出雲です。

倒す相手はイヅモタケルという若い頭首。

ヤマトタケルはまずこの若者に近づいて親しい仲になります。

そして肥川へ水浴びに誘う。イヅモタケルが二人っきりで川に行くことに警戒しないほど仲よくなっていたということで、川では裸になるわけだし少しホモっぽい雰囲気もあります。しかしこの時、ヤマトタケルは木で作った剣を帯びて行きました。川から上がったところで面白半分という顔で剣を取り替えようと持ちかける。

そして「ちゃんばらごっこしないか」と言って剣を抜く。相手も抜こうとしますが木剣は抜けません。おたおたしているところを斬り殺す。

さてこれはずるいのか賢いのか。戦術に個人の感情を利用したのは英雄の資質としていかがなものか。知謀という言葉もありますが。

『古事記』ではこの先にも策略の話はいろいろ出てきます。神功皇后の帰国の際、もう戦いはしないと休戦を宣言して敵の前で弓の弦を切って見せる。しかし髪の中に予備の弦を隠しておいて敵が油断した隙にこれで攻撃する（設弦《おさゆづる》）。あるいはこちらの指揮官が死んだと言いふらしてやはり敵を油断させる。

東国に旅立つヤマトタケル

ヤマトタケルは大和へ凱旋します。しかし待っていたのは東方を平定しろという父の命令でした。

彼はまた伊勢神宮に行ってヤマトヒメに会い、「天皇は私が死ねばいいと思っているのでしょうか。西の方の悪人どもを退治しに送り出して戻って報告した後、さほどの時も経ていないというのに、なぜまた兵士も付けてくれないまま、東の方の十二国の悪人どもを平定せよと遣わすのか。これを考えてみれば、私が死ねばいいと思っているに違いありません」と嘆きました。

ヤマトヒメは甥に草薙《くさなぎ》の剣《たち》を授け、また袋を一つ手渡して、「急な危難に出遭ったらこの袋の口を開きなさい」と言いました。

そこで東国に旅立つのですが、この先は西国への征旅とは少し趣が変わってきます。女たちが登場する場面が多いのです。少年は成人して男になったということでしょうが、しかしそれに連れて悲劇性も高まります。

尾張でミヤズヒメという美女と親しくなってこの人を妻にしようと思いますが、いやそれは帰路でもいいと思い直す。実はこれは縁起が悪いことなのです。

相模まで行った時、土地の国造《くにのみやつこ》が、「この先の野の中にある沼には乱暴な神がいます」と言うので対決に行きました。しかしこれは国造の策謀で、ヤマトタケルが野に入ったところで火を放ちました。火に囲まれて窮した彼は草薙の剣で周囲の草を刈り、袋の中にあった火打ち石で向かい火を点けて野火の勢いを止めました。この時にオトタチバナヒメという妻を同道していたことが後の方に出てきます。ちなみに草薙の剣はスサノヲがヤマタノヲロチの体内で見つけた剣で、この場ではまさにその名のとおりの働きをします。野原で火に囲まれるというのは娘婿になろうとするオホナムヂにスサノヲが与えた試練と同じです。

ヤマトタケルが更に東に行くと、走水という土地でこの海峡（浦賀水道です）の神が波を立てて舟を進ませない。走水は潮が速いことから付いた地名です。安房に渡るにはこの海を越えるしかありません。今の東京湾沿いに迂回するルートは水辺に葦が茂っていて踏破困難でした（江戸の吉原という地名はその名残です）。

思案しているとオトタチバナヒメが「私が海に入ります」と言って——

さねさし　相武（さがむ）の小野（をの）に　燃（も）ゆる火（ひ）の
火中（ほなか）に立（た）ちて　問（と）ひし君（きみ）はも

（さねさし）相模の野で火に囲まれた時、
火の中に立っておまえは大丈夫かと聞いてくれたあなた。

と詠んで、自ら生け贄《にえ》になりました。波は静まりました（「さねさし」は相模の枕言葉）。

ここでヤマトタケルはオトタチバナヒメの力を借りなければ任務を果たせなかった。オホクニヌシがスセリビメの力を借りてスサノヲの試練を越えたことを思い出します。

女の力を借りる英雄はギリシャ神話にもあります。先ほどちょっと名の出たテーセウスはクレタ島のクノッソスの迷宮の中に住むミノタウルスという半人半牛の怪物を退治するという使命を与えられました。迷宮の中は入ったら出られないほど複雑な建物です。思案していると地元のアリアドネーという少女が、成功したら自分を妻にしてこの島から連れ出してくれることという条件で糸の束を貸してくれました。テーセウスは糸の一端を建物の入口に結びつけて中に入り、ミノタウルスを殺して糸を辿って戻りました。

　それでアテネに戻る船にアリアドネーを乗せて島から連れ出したのですが、なぜか次のナクソスという島に置き去りにしてしまった。これには理由が諸説あってよくわかりません。

　さてヤマトタケルは信濃を経て尾張まで戻り、先のミヤズヒメに再会しました。いざ楽しいことをしようとすると彼女の服の裾に血がついています。そこで彼が歌った歌——

ひさかたの　天（あめ）の香具山（かぐやま）
とかまに　さ渡（わた）る鵠（くび）
弱細（ひはぼそ）　手弱腕（たわやかひな）を
枕（ま）かむとは　我（あれ）はすれど
さ寝（ね）むとは　我（あれ）は思（おも）へど
汝（な）が著（け）せる　襲（おすひ）の裾（すそ）に　月立（つきた）ちにけり

（ひさかたの）天の香具山を鎌のように細い白鳥が渡ってゆく。
その白鳥の首のようにしなやかでなよなよとした腕のきみと枕を共にしようとしたら、抱いて寝ようとしたら、きみが着ている服の裾に月が昇った。

これに対してミヤズヒメが答えて歌うには――

高光（たかひか）る　日（ひ）の御子（みこ）
やすみしし　我（わ）が大君（おほきみ）
あらたまの　年（とし）が来経（きふ）れば
あらたまの　月（つき）は来経往（きへゆ）く
諾（うべ）な諾（うべ）な　君待（きみま）ち難（がた）に
我（わ）が著（け）せる　襲（おすひ）の裾（すそ）に　月立（つきた）たなむよ

（たかひかる）太陽の御子、（やすみしし）私の高貴な方。
（あらたまの）年が来るように、（あらたまの）月は去ります。

仰るとおり、あなたを待ちきれなくて、私の服の裾に月が昇りもしましょうよ。

この歌の問答は大らかで、女の方が少し拗ねているのもかわいくて、「うべなうべな」も響きがよくて、よい詩だと思います。時代の大らかさも感じられ、ぼくはこの他に女性の月のものを詠んだ歌や詩を知りません。

しかしこの場合は生理は禁忌ではなく、二人はその夜、共寝します。生理中の女性は神のものだという考えもあって、その意味ではここでヤマトタケルは神としてふるまっていることになります。

ヤマトタケルの最期

翌日、彼は草薙の剣をミヤズヒメのところに置いたまま、伊吹山の神を討ち取りに行きました。伊吹山は美濃と近江の境ですが、伊吹山は息吹に通じ、悪しき神の息吹には毒があります。

山道で白い大きな猪が出てきました。神の使いだろうがこれは帰り道で始末すればいいと言って先を急ぎました。しかし神の使いではなく神自身だった。しかも思いを口に出して言ってしまった。烈しい氷雨が降ってきて意識が朦朧となった。神の祟りです。

その先でどんどん力が抜けて歩くのも辛くて杖をつくようになり、伊勢の能煩野《のぼの》まで行ったところで歌って言うには――

倭（やまと）は　国（くに）のまほろば
たたなづく　青垣（あをかき）
山隠（やまごも）れる　倭（やまと）しうるはし

大和は囲まれた国、山々は青い垣のように居並び、その山々に守られて倭はうるわしい国。

この「まほろば」は国を讃える言葉ですが、西郷信綱は「ほろ」は「ほら」であって、山に囲まれた盆地のこと、それを山の上から見下ろしての国見の歌だと言っています。囲まれていることの安心感はスサノヲの「出雲八重垣妻籠みに」の八重に作った垣根の歌にもあります。青垣は八重垣に通じます。（国見のことは仁徳天皇のところで話します。）

この後、ヤマトタケルはいよいよ力を失って、最後に歌ったのが――

嬢子（をとめ）の　床（とこ）の辺（べ）に
我（わ）が置（お）きし　つるきの太刀（たち）　その太刀（たち）はや

乙女の寝床に私が置いてきたあの刀、あの刀が恋しい。

ミヤズヒメのところに置いてきた草薙の剣のことですね。「つるき」は剣。こう歌い終わってヤマトタケルは亡くなりました。
大和で待っていた彼の妃や子供たちは能煩野に急行しました。彼の魂は白い大きな鳥になって飛び立ちました。女たちは足を傷だらけにして追いますがしかし白い鳥の姿は河内の志幾を経て天に消えてしまいました。こんなにロマンティックな死にかたをした人物は『古事記』には他にいません。

彼は事実上の天皇でした。だから妻たちは妃と呼ばれたし大和には多くの子がいたのです。彼の系譜も記されていて、十四代仲哀天皇は彼の子とされています。

彼の父の十二代景行天皇は百三十七歳まで生きた。御陵は山辺の道の上にある。

十三代**成務**《せいむ》天皇・ワカタラシヒコは、近淡海《ちかつあふみ》の志賀の高穴穂《たかあなほ》に宮殿を造って天下を治めた。

ヤマトタケルとは母の違う兄弟です。この天皇についてはわずかな系譜以外はほとんど事績の記述がありません。

この天皇は享年九十五。御陵は沙紀《さき》の多他那美《たたなみ》にある。

十四代**仲哀**《ちゅうあい》天皇・タラシナカツヒコは穴門の豊浦に宮殿を造り、また筑紫の訶志比《かしひ》に宮殿を造って天下を治めた。

この天皇についての記事はごく短いのですがしかし劇的です。

ある時、天皇は筑紫に陣を引いて熊襲を討とうとしていました。先を占うために琴を弾いて神を呼ぶと、神は彼にではなく正妃のオキナガタラシヒメ（後の名で呼べば神功皇后）に降りて「西に豊かな国がある。攻めればおまえのものになる」と言いました。

しかし天皇はその気になれない。

「高いところに立って西の方を見ても国など見えない。見えるのは海ばかり」と言って琴を弾くのを止めました。

神は怒ります。

そばに控えていたタケウチが「どうか琴を」と言ってもいい加減に弾いてみせるばかり。

ふっと琴の音が途絶えた。

見ると天皇はもう死んでいました。

ぼくはこの描写に感心します。話の主体をタケウチに振っておいて、琴の音が絶えたことで天皇の死を伝える。映画のような近代的な技法ですね。

タラシナカツヒコは享年五十二。御陵は河内の恵賀の長江にある、というところでこの天皇の話は終わり。

軍を率いて出征した神功皇后

となるとこの先は**神功皇后《じんぐう》**について話を進めなければなりません。この人は即位はしなかったものの『古事記』と『日本書紀』では天皇並みの扱いを受けています。事実上の女帝です。
攻めるべきは西と言われた仲哀天皇が「西は海ばかり」と言ったことでわかるとおり、豊かな国とは海の向こう、朝鮮半島でした（西は実は北でしたが）。ずっと国内の平定に専念してきたのに、ここに至って海外への遠征というまったく別の考えが出てきたのです。

しかもそれを促しているのはよくわからない、しかし天皇をいきなり死なせるほどの気性の荒い神です。この神の声はこの先もずっと響き続け、二十世紀になって朝鮮の併合を促すまでになりました。

心理的な背景を考えてみましょう。大和の王権を支えた人々は自分たちの祖先が朝鮮半島から渡ってきたことをうすうす知っていた。ずっと前から行き来はあったのです。しかしこの地に立派な国を作った今は渡来ということを認めたくない。ここが世界の中心と考えたい。そこで天から降りたという神話を作った。

国力が豊かになると今度は欲が出て国土拡張を考えるようになった。普通ならば関東から北に向かうところですが、しかしそちらに行っても稲は穫れない。この先の政権もみな北方に対して消極的だった理由はここにあると思います。旧国名で本州の北方は大雑把に陸奥《みちのく》、すなわち陸の奥でした。「おくのほそ道」で芭蕉は東北地方に行ったと思われますが、実際に行ったのは仙台の少し先の平泉までで、そこから西に向かって日本海側に出ています。芭蕉の旅の目的は和歌で象徴的に使われる地名＝歌枕を実際に尋ねることで、平泉の先にはもう歌枕はなかった。つまりそちらは京都人が考える文化圏の外だったのです。ヤマトタケルはせいぜい筑波までしか行きません。

朝鮮半島は稲も穫れるし何よりもここは中国文明のフロントです。日本人にとっては親しい土地です。そこから遠征と征服という野望が生まれたのでしょう。実際この後、『古事記』にも『日本書紀』にも新羅や任那、高句麗との交渉に関わる記述が頻出します。しかし古代の終わり頃、遣唐使の制度が廃止になった頃から日本人は半島と大陸への関心を失ったように見えます。この島々の中で充分と考えるようになった。

仲哀天皇が亡くなる時に傍らにいたのはタケウチです。

不思議な人物で、系譜からいうと孝元天皇の孫にあたり、景行、成務、仲哀、応神、仁徳と五代の天皇に仕えた陪臣、その時々なかなか適切な助言をしてきました。豪族では紀、巨勢《こせ》、平群《へぐり》、葛城、蘇我などの有力な豪族の祖とされています。『古事記』の中にしばしば登場します。

天皇が亡くなった後でタケウチは神に素性を問いました。

すると海を越えて遠征せよというのはアマテラスの意思で、それを伝える自分たちは底筒男《そこつつのを》・中筒男《なかつつのを》・上筒男《うはつつのを》であるという答えが返ってきます。この三人はイザナキの禊ぎで生まれた、実体はないけれども格の高い神です。重ねて神は、皇后の腹にいるのは男子で次代の天皇であるとも告げました。

神功皇后は懐妊の身で自ら軍を率いて出征しました。神の言うとおりに兵と船を用意して海を渡ろうとすると大きな魚小さな魚が集まってきて船を負って運んだというのですから、これはもうおとぎ話です。海を速やかに渡り、その勢いを駆って新羅に上陸、そのまま国土の半分まで侵攻した。相手は降伏して忠誠を誓いました。いよいよおとぎ話。

この先は帰国、次代応神天皇の生誕、待ち受ける叛徒の始末、と具体的で現実的なエピソードに満ちた記事が続くのですから、「三韓征伐」と呼ばれるこの部分だけが幻想・妄想として浮いています。願望ファンタジーと呼んでもいいかもしれません。

遠征の途中で産気づいたので衣装の腰に石を巻いて出産を抑え、筑紫に戻ってからこの子を産みました。

大和に帰る途中で謀反の軍と会戦になりました。一計を案じて皇后が亡くなったと言いふらし、弓の弦を切って相手を油断させ、髪に隠した「設弦《おさゆづる》（予備の弦）」を張って再度攻撃、この敵を討ち取りました。

この項の最後に「皇后は百歳まで生きて亡くなった。狭城《さき》の楯列《たてなみ》の陵に葬った」とあるのはつまり天皇扱いということです。

王子にカミナガヒメを譲った応神天皇

十五代**応神**《おうじん》天皇・ホムタワケは軽島の明宮《あきらのみや》に住んで天下を治めた。

この天皇については多くの記事があります。

子の中にはウヂノワキ、オホサザキ、ハヤブサワケ、メドリなどの名があって、みな後に大きな役割を果たします。

女たちとの出会いが多く、宴会の場面も多く、その場で歌われた歌もたくさん引用されています。ぜんたいに天下太平、国が繁栄のレベルに達したことがわかります。

天皇が召した美女が息子に横取りされたという話が景行天皇とオホウスの間にありました。連れてきた女二人を自分のものにして偽の二人を父のところに差し向けた。父は何も言わずしかし偽の二人に手を触れなかった。

応神の場合は日向から呼び寄せたカミナガヒメ（髪長比売）に王子オホサザキが先に会って一目惚れし、タケウチに頼んで父と交渉、結局もらい受けました。

父は怒ることもなく、たぶん苦笑して、宴会の席でカミナガヒメに盃を王子のもとに運ばせて歌います。ここは訳だけを記せば——

さあ、みんなで野蒜《のびる》を摘みに行こう。
蒜を摘みに行く道には橘が香しい。
上の枝の実は鳥が食べ、下の枝の実は人が取る。
（三つ栗の）中の枝の

頬あからめた乙女をものにするのがいいぞ。

これに対して王子が悪びれることなく返して歌うには――

街道の果てにある古波陀《こはだ》の乙女、
その美貌が雷のように遠く鳴り響いていた乙女と、
枕を共にする嬉しさよ。

大らかな情景です。古波陀は日向の地名でしょう。「雷のように遠く鳴り響いて」というのは今は常套句ですがこの表現が作られた当初はとても新鮮だったのではないでしょうか。遠いかすかな雷鳴に耳を澄ました体験は誰にもあることですし。

女を巡る争いが時に戦争にまでなった例としては古代ギリシャ圏のトロイ戦争が有名ですが、そこまで行かなくても応神の子のオホサザキとメドリ、ハヤブサワケの三角関係の場合は悲劇的な結末になります。これについては後で書きます。

この天皇の時代に多くの人が新羅や百済から渡ってきたという記述はこの時期の半島との平和な関係を示していて大事です。文化が齎された様子がよくわかります。百済からはワニキシという人が「論語」十巻などを持って来ました。

新羅から来た人の中にススコリという醸造の達人がいてとてもうまい酒を醸した。その酒に心地よく酔った天皇がふらふらと外に出て大坂までさまよい歩き、道の真ん中にある石を杖で打ったので石が逃げた、という話は前にも書きました。

よい治世だったわけで、この天皇を境に日本は新しい時代に入ったようです。

この天皇の時代のことではないのにここに置かれているのがアメノヒボコの話です。新羅から来て但馬に住みついた人で、この人が日本に来た理由がおもしろい。新羅にアグヌマという沼がありました。ここで身分の低い女が昼寝をしていると日の光がホトを照らしました。ある男がこれを見ていて不思議なことだと思い、その後もずっと女に注目していたところ、やがて女は妊娠し、赤い玉を一つ産みました。男はねだってその玉をもらい、ずっと身に付けていました。山の谷間に作った田に食べ物などを負わせた牛を追ってゆく途中でこの国の王子であるアメノヒボコに会いました。おまえのふるまいは怪しい、その牛を殺して食うのかと難癖をつけられた男は赤い玉を差し出してその場を逃れました。

アメノヒボコがその玉を家に持ち帰って寝床の近くに置いたところ、たちまち美しい乙女に変わったので妻にして共寝しました。女は珍しい食べ物などを調えて夫に供しましたが、やがて夫はこの妻に飽きてしまい、粗暴に扱うようになります。

すると女は「私はもともとあなたの妻になるような女ではありません。先祖の国に帰ります」と言って日本に帰ってしまいました。アメノヒボコもその後を追って海を渡り、妻には会えなかったものの但馬に住んで多くの子孫を残した、という話です。

ここには二つの神話要素があります。

第一は日の光に感じて妊娠したという話で、これは通常ならざる受胎を表す感生伝説の一つです。後の日本では豊臣秀吉の母が日光に感じて彼を生み、それ故に日吉丸と名付けたこととか。この種の伝説は創世神話にも多く見受けられます。

もう一つは朝鮮半島の人が日本に来る理由として妻になった女が太陽の子、すなわちアマテラスと関連づけられることです。

ホムタワケの天皇は享年百三十。御陵は河内の国、恵賀の裳伏の岡にある。

儒教的名君とされた仁徳天皇

十六代**仁徳**《にんとく》天皇・オホサザキは難波の高津《たかつ》の宮《みや》に住んで天下を治めた。

子のうちの三人が十七代履中、十八代反正、十九代允恭と天皇になっています。安定した王統の祖と言えるでしょう。オホサザキの名はミソサザイという鳥に由来します。『古事記』には鳥に関わる人名が多く見られます。ツク（ミミヅク　木菟）や、ハヤブサ（隼）、メドリ（女鳥）、モズ（百舌）、クヒナ（水鶏）、イカルガ（斑鳩）、マガモ（真鴨）、ノガモ（野鴨）、など。鳥は地を走る獣より目にすることが多く、飛ぶという人にできないことができることから憧憬の対象になったのかもしれません。

この天皇については即位する前に大事なエピソードがあります。異母兄弟のウヂノワキとどちらが天皇になるか争うのではなく譲り合ったのです。次代はウヂノワキと決まっていたのですが彼はオホサザキに皇位を渡そうとした。どちらも相手を立てる。祝いの魚を持っていった漁師はあちらへ持っていけ、いやあちらに届けろと言われ、うろうろするうちに魚は腐ってしまって漁師は泣いた。結局、ウヂノワキが即位する前に亡くなったのでオホサザキが天皇になりました。皇位を奪い合うのではなく譲り合う。それまでにない儒教的な行動原理です。

この天皇について広く知られているのは民の竈の話です。

即位して、山に登って領地を見渡すと民家のどこからも炊事の煙が上がっていない。民は貧しいと知って天皇は三年間に亘って税を免除することにしました。「その結果、宮殿は壊れても壊れたまま、雨が漏っても修理もせず、器を置いて滴る雨水を受けつつ、雨漏りの箇所を避けて暮らした」。けれど、三年後に山に登ると煙が上がっていたので旧に復した。

為政者が山に登って自分が統べる国土を見ることを国見と言います。大事な統治行為の一つです。ヤマトタケルの「倭は　国のまほろば　たたなづく　青垣　山隠れる　倭しうるはし」という歌も国見の情景でしょう。

泣いた漁師や民の竈の話が広まったのはごく近代の歴史教育で大きく扱われたからでした。儒教的名君としての仁徳天皇。この性格付けは古代にオホサザキが「仁徳」と諡《おくりな》された時に始まっていたのかもしれません。漢字二文字の天皇の諡が定まったのは彼らの実際の治世のずっと後、八世紀半ばに淡海三船が選定してからでした。その時にこの人には「仁」と「徳」という儒教的な字を当てると決まったのです。

イザナキとイザナミが地に降りて以来、この国を支配していたのは（後の名で呼べば）神道でした。しかしある時期から儒教が入ってきた。応神天皇の時に「百済からはワニキシという人が「論語」十巻などを」齎したと書きましたが、そういう形でこの思想は到来し普及したのです（何世紀か後には仏教がやってきます）。

イハノヒメに追い出されたヒメたち

民の竈の話はぼくの現代語訳版『古事記』では十行あまりです。実はその後二十ページほどは、たくさんの歌や文化的な話題を含むとはいえ、すべて女たちとのやりとりを軸にした物語。

大后《おおきさき》は有力な豪族である葛城氏の出身のイハノヒメ。話はこの人がとても嫉妬深い性格であったことから始まります。ちょっとしたきっかけで「足をばたつかせて妬みまくるので、天皇に召された女たちはおちおち宮中を歩くこともできない」という具合。たぶん女官と宴会の相談などしていても仲を邪推したのでしょう。

天皇は吉備からクロヒメという美女を呼び寄せました。この名は髪が格別に黒いことに由来します。

これまでも何度か書いたとおり、地方の女を呼び寄せるのはその地域との政治的な絆のため、また地方の霊的な力を得るため、その先に性的な喜びがあり、更に子孫を増やすためということがあります。

クロヒメとはとても仲よくなったのですが、大后の妬みと嫌がらせがあまりにひどいので彼女は吉備に帰ってしまいました。イハノヒメは船を使わせず途中からは徒歩で帰れとまで言いました。

天皇はクロヒメが恋しくて地方巡幸にかこつけて吉備に行きます。戻ってくれと言ったのですが、クロヒメは手料理などでもてなしはしても翻意しませんでした。

次はヤタノワキイラツメ。この人は皇位を譲り合ったウヂノワキの妹、つまり天皇には異母妹にあたります。この時代の近親に関する禁忌は異母ならばオーケー、同母となるとノーで、具体的にはこの天皇の孫の軽皇子《かるのみこ》と軽大郎女《かるのおほいらつめ》の恋が問題視される例がありますが、それは後で書きます。

公務で遠くに行っていたイハノヒメに告げ口する者がいて、大后は怒りますが宮廷に帰りはしない。間を隔てた歌のやりとりが続きました。天皇がイハノヒメを宥めようとして送ったのが――

つぎねふ　山代女（やましろめ）の
木鍬持（こくはも）ち　打（う）ちし大根（おほね）
根白（ねじろ）の　白腕（しろただむき）
枕（ま）かずけばこそ　知（し）らずとも言（い）はめ

（つぎねふ）、山城の女が木の鍬で耕して育てた大根。
その大根のように白い腕を枕に寝た私を知らないとは言わないだろうな。

つまり大后個人の性的魅力を讃えて二人の仲を思い出させる歌です。『古事記』には多くの歌がありますが、その大半は民間にあった歌の引用です。これにしてもその状況で天皇が実際に歌ったわけではありません。そして引用はぴったり合う場合もあればそうでない場合もあります。ここでイハノヒメの腕の白さを言うに大根を出したのはいいとしても山城の女を引き合いに出すのはいかがなものか。ちなみに山城は大根や茄子の産地として知られていましたからそこの女には素朴な農婦という印象がありました。対照的に河内の女は技芸に長け、大和女は都会人の洗練のきわみだったそうです。

結局、大后は戻ってヤタノワキイラツメを追い出しました。

追われた方は生涯を独り身で暮らすと言い、天皇はそれを惜しんで嘆くという形でこの恋は終わりました。

イハノヒメの嫉妬には出身の葛城氏を立てるという政治的な動機もあったかもしれません。ヤタノワキイラツメは王族の血を引いていますからその分だけ正妃の対抗心が強かったとも考えられます。実際、イハノヒメと仁徳天皇の子からは三人の天皇が生まれており、葛城の力はその分だけ増しました。

メドリとハヤブサワケ

次はメドリ。

系譜から言えば異母妹ですが、彼女が美しいと聞いて天皇は弟のハヤブサワケを送って入内するよう言わせます。

しかしヤタノワキイラツメに対する大后のふるまいを聞いていたメドリの答えは意外なものでした。「私はイハノヒメが威張っている宮廷の后にはなりたくない。私はあなたの妻になりたい」とハヤブサワケに言ったのです。

二人は恋仲になり、これは謀反ですから天皇は追っ手を差し向け、二人は逃げます。そこには皇位簒奪の野心もあったかもしれません。メドリの歌に――

雲雀（ひばり）は　天（あめ）に翔（かけ）る
高行（たかゆ）くや　速総別（はやぶさわけ）　鷦鷯捕（さざきと）らさね

ヒバリは天高く飛びます。
同じように高く飛ぶハヤブサさん、ミソサザイなど捕ってしまったら。

天皇の兵たちは二人を追い詰め、殺しました。

養蚕技術が渡来

この時代は文化の面でも見るべきものがありました。応神天皇の時には新羅の人たちが渡ってきて、新しい技術で溜め池を造りました。百済からは馬や太刀や大きな鏡が献上され、先に述べたように「論語」も齎されました。これにはワニキシという学者が同行してきましたからたぶん講義をしたのでしょう。その他に金属を加工する鍛冶職、衣服を作る呉服《くれはとり》、酒の醸造の達人なども来ました。この酒を飲んだ天皇がさまよい出て大坂で石を蹴ろうとした話は前に書きました。

この流れの延長上に養蚕の話があります。

ヤタノワキイラツメの件で怒った大后はなかなか朝廷に戻りません。怒りすぎて引っ込みがつかなくなったのかもしれません。そこで間に立った者たちが一計を案じて、「大后さまは不思議な虫を見にこちらに来ておられます。陛下もいらっしゃいませんか？」と誘いました。生まれた時は這う虫で、次にカイコになり、最後には飛ぶ鳥になるという虫。ここでカイコというのは貝の中の子の意でしょう。これ自体は昆虫の変態ですから珍しくはないのですが、カイコは蚕でした。絹糸が採れる！

これで二人の仲は戻ったのですが、ここで大事なのは養蚕技術が渡来して、大后はそれを検分に行ったというところです。糸や織物に関わることはもともと女の領分なので（アマテラスも機織りをしていました）、大后が赴いたのでしょう。

考えてみれば養蚕を伝えるのは容易なことではありません。

まず蚕の卵。今は蚕紙に産み付けさせたものが流通していますが、古代にはどうだったのか。桑の木は日本にも自生していました。

そしてもちろん技術者も来なければならない。

卵は二週間で孵化してしまいます。すると何世代かを系統的に育てながら来たのか。繭を作らせて糸を引いてこれを織って布にする。糸繰りにはやはり鍋の湯を使ったのか。その道具、専用の機、技術的な難題は多かったはずです。しかしそれを克服して絹織物の生産は日本に定着しました。実際にはこの十六代仁徳天皇より少し前の十四代仲哀天皇の四年に伝わったという記事が『日本三代実録』にありますから、それが広まったのがこの頃とも考えられます。

今でも宮中では紅葉山御養蚕所があって養蚕が行われています。稲作と並んで皇室推奨の産業です。

この天皇は享年八十三。御陵は毛受《もず》の耳原《みみはら》にある。

このモズは河内の百舌鳥古墳群の中にあって「大仙古墳」、日本最大の古墳として知られています。現代の試算によれば現場で二千人を動員して十五年かかったということです。これはもっぱら土の運搬。その背後にはこの土工たちへ食料供給する農夫たちがいた。これを築くだけの国力があったわけですね。

履中天皇とミヅハワケの約束

十七代**履中《りちゅう》**天皇・イザホワケは伊波礼《いはれ》の若桜《わかさくら》の宮に住んで天下を治めた。

宮中で宴会をしていい気持ちに酔った時、同母（大后イハノヒメ）の弟のナカツミコが暗殺を企んで宮殿に火を放ちました。忠臣が素早く天皇を連れ出して馬に乗せ、多遅比野《たぢひの》というところまで逃げたところでようやく天皇は目を覚まして「ここはどこだ?」と問います。事情を話すと、「多遅比野で寝るとわかっていたら立薦《たつこも》を持ってくればよかったなあ」と言いました。立薦というのは野宿のための簡便な屏風のようなもの。家来を連れて遠出した先で女と共寝することになった時にそれを家来の目から隠すための道具ではないかと言われています。まったく暢気な天皇です。

同母の弟のミヅハワケが拝謁に来ました。しかし「お前も信用できない。会いたいならナカツミコを殺してから来い」と言って追い返しました。

ナカツミコは天皇の同母の兄弟です。ミヅハワケはナカツミコに仕えるソバカリという男を呼び出して、「主君を殺せばお前を大臣に取り立ててやる」と言い、ソバカリはその言葉のままにナカツミコが便所に入ったところを矛で刺し殺して報告に来ました。

ミヅハワケは考えます——言われたとおりに実行したのだから大臣にしなければ信義に背く。しかしこの男は主君を殺すという道義に悖《もと》ることをしたのだから生かしておいてはならない。

ちょうど大坂の山口《やまのくち》にいたのでそこで一泊ということにして、仮の宮を造り、酒宴を開いてソバカリに大臣の位を与えました。

そこに居並ぶ家来たちに「今日はこの男と同じ器で酒を飲むぞ」と言ってとても大きな金属製の大盃を用意してまず自分が飲んでから相手に勧めました。

ソバカリはそれを両手に持って、ぐっと持ち上げ、一気に酒を飲みます。盃で顔が隠れたところでミヅハワケはソバカリの首を斬って落としました。

こうして報償の約束は守ったけれど主君に忠と孝などという儒教の教えにも背かなかったことになります。儒教はこんな形で応用されたわけですね。

この天皇（履中）は享年六十四。御陵は毛受《もず》にある。

十八代**反正**《はんぜい》天皇・ミヅハワケは多治比《たぢひ》の芝垣《しばかき》の宮《みや》に住んで天下を治めた。実を言うとこの天皇の治世については何の記述もありません。系譜もごく簡単なものばかり。身体についても歯が立派だったたというだけ。

この天皇の享年は六十。御陵は毛受野《もずの》にある。

十九代**允恭**《いんぎょう》天皇・ワクゴのスクネは遠飛鳥《とほつあすか》の宮《みや》に住んで天下を治めた。

この天皇の享年は七十八。御陵は河内の恵賀《ゑが》の長枝《ながえ》にある。

兄と妹の許されぬ恋

允恭天皇の治世にはさほど大きなことがなかったのですが、問題は死後に起きました。息子の軽皇子と娘の軽大郎女が恋仲になったのです。この二人は同じ母の子。これは当時でも禁忌でした。軽皇子は次代の天皇と決まっていたのに皇位はいらないと言って恋を貫こうとしました。

軽大郎女は別名を衣通郎女（ソ・トホシのイラツメ）、身体が発する光が衣装を透かして見えるほどの美女というものでした。着ていたのは舶来の絹地だったでしょうか。髪が黒いとか長いとか、肌が大根なみに白いとか、そういうレベルを超えた美貌です。『古事記』の作者は二人の歌のやりとりを多く引用し、何ページも割いて書いています。

近親相姦は社会の規範に反するだけでなく穢れとして社会不安を招きます。

十四代仲哀天皇が神の言葉に逆らって死んだ直後、国の中に何か穢れのもとがないかと調べた上で大祓《おほはらへ》が行われました。その時の穢れの具体的な内容は――

生剝《いきはぎ》、逆剝《さかはぎ》、阿離《あはなち》、溝埋《みぞうめ》、屎戸《くそへ》など農事関係の他に、上通下通婚《おやこたはけ》すなわち親子姦、馬《うま》婚《たはけ》・牛婚《うしたはけ》・鶏婚《とりたはけ》・犬婚《いぬたはけ》などの獣姦がありました。同母の兄妹の恋はこれに準ずるものと見なされます。

軽皇子は皇位など就かず静かに密かに妹と暮らしたかったのですが、有力な豪族たちの反対で捕らえられ、伊予の温泉に流されました。今の道後温泉です。

旅立つ時に歌ったのが――

天飛（あまと）ぶ　鳥（とり）も使（つかひ）ぞ
鶴（たづ）が音（ね）の　聞（きこ）えむ時（とき）は　我（わ）が名問（なと）はさね

空を飛ぶ鳥も使者だから、
鶴が鳴くのを聞いたら、私の名を言って消息を尋ねてくれ。

軽大郎女が答えて歌います――

君（きみ）が往（ゆ）き　日長（けなが）くなりぬ
山（やま）たづの　迎（むか）へを行（ゆ）かむ　待（ま）つには待（ま）たじ

あなたの旅はあんまり長くなりました。
（山たづの）迎えに行きます。とても待てません。

（この歌は『万葉集』巻二に仁徳天皇の大后イハノヒメの歌として出てきます。元は詠み人知らずの民謡だったのでしょう。）

この二人の歌の応答のことは「詩歌と歌謡」でまた述べます。

父の仇をとって滅びたマヨワ

二十代**安康**《あんこう》天皇・アナホノミコは石上《いそのかみ》の穴穂《あなほ》の宮《みや》に住んで天下を治めた。

まず結婚に問題がありました。

弟のオホハツセ（大長谷）の妻としてオホクサカ（大日下）の妹であるワカクサカ（若日下）をと思い、ネノオミ（根臣）を遣わしました。

オホクサカは承知したのにネノオミは天皇への献上品を横取りしようと、その回答をねじ曲げ逆の意として伝えました。天皇は怒ってオホクサカを殺し、その妻であるナガタノオホイラツメ（長田大郎女）を自分の妻にします。

この人にはオホクサカとの間にマヨワ（目弱）という七歳の息子がいたので、連れ子として天皇の子にしました。マヨワとは巻貝の一種ですが、視力が弱かったのかもしれません。

ある日、天皇は神床で寝ている時に妻と交わりました。神の意思を夢で知るための神聖な場所ですからそういうことをしてはいけない。こと終わって後、天皇は日頃から抱いていた不安を口にします――

「おまえの子であるマヨワ、あれが成人した時に自分の父を殺したのがこの私だと知って、反逆の思いを抱くのではないだろうか」

実はこの時、マヨワは床下にいてこの言葉をしっかり聞いてしまいました。高床式の建物で床下は立って遊べるほどだったのでしょう。

やがて寝入った天皇と母のもとに行って、マヨワは天皇を殺しました。

この天皇は享年五十六。御陵は菅原の伏見の岡にある。

この先は二十一代雄略《ゆうりやく》天皇の話としましょう（即位はまだ先ですが）。

安康天皇の弟のオホハツセは兄の難を聞いてすぐに犯人探しを始めます。マヨワはツブラオホミという臣下のところに逃げ込んでいました。しかしそれを探り当てる前にオホハツセは兄のクロヒコのところに行って「天皇が殺された。どうしよう」と問うたが相手は驚くでもなく態度もはっきりしません。

するとオホハツセは「あなたはまったく頼りにならない」と言ってその場でこの兄を斬り殺します。もう一人の兄であるシロヒコのところに行っても同じような返事なのでこれも殺します。

この若者の乱暴なふるまいはやはり兄を殺したヤマトタケルを思わせます。それと同時に次代天皇の候補を二人減らしたという実際的な意味もある。安康天皇は次を指名しないままの崩御ですから、誰が継ぐかは有力な豪族たちの合議で決まります。競争相手は少ない方がいい。

オホハツセはツブラオホミのところに逃げ込んだマヨワを見つけました。弑逆《しいぎゃく》の犯人だから引き渡せと言うと、ツブラオホミは、昔から臣下が主君にあたる人を匿った例はありません、ここで引き渡すのは自分のすることではないと言って、多勢に無勢を承知で抵抗し、追い詰められ、最後には「私を殺してくれ」と言うマヨワの言葉のままに殺して自分も死にました。

武士《もののふ》の意地であると同時に儒教思想の実行でもあります。

次にオホハツセは従兄で人望の篤いイチノヘノオシハを狩りに誘い出して殺します。これで競争相手はいなくなりました。この時、イチノヘノオシハの二人の息子ヲケとオケはオホハツセに見つかったら殺されると知って一目散に逃げました。

雄略天皇と女たち

二十一代**雄略**天皇・オホハツセワカタケルは長谷《はつせ》の朝倉《あさくら》の宮《みや》に住んで天下を治めた。

この天皇の大后はオホクサカの妹のワカクサカ、つまりもともと安康天皇が弟オホハツセのためにと選んだ相手でした。この乙女がまだ河内の日下《くさか》に住んでいた頃、オホハツセは求婚に行きました。その途中に、屋根に鰹木を並べた立派な家がありました。鰹木というのは屋根のてっぺんに軸に直角に並べた飾りの木で一定の格式のある家系でなければ許されません（今ならば伊勢神宮などに見ることができます）。

その家は志幾《しき》の大県主《おほあがたぬし》という格の低い豪族のものでした。生意気だというので天皇はこの家に火を点けようとします。家の主はあわてて出てきて平身低頭して、お詫びの印にと白い犬を差し出しました。天皇はそれを受け取ってワカクサカのところへ行って求婚し、土産として犬を差し出しました。ワカクサカは后になることを承知します。

仁徳天皇の場合と同じように雄略天皇にも女たちにまつわる逸話がたくさんあります。大和の三輪山の近くを流れる川のほとりで美しい娘に会いました。名を問うとヒケタベのアカヰコ（引田部赤猪子）と答えます。答えるというのは求愛を受け入れることですから、天皇は（旅先だったので）いずれ迎えの者を送るから誰にも婚するなと言って宮廷に戻りました。そしてそのまま忘れてしまった。

アカヰコは長く長く待ったあげくおずおずと参上して、「天皇さまのお言葉のままにお召しをお待ち申し上げますうちに八十年が過ぎました。今は美貌もすっかり失せて、今さら入内でもありますまい。それでもお待ち申し上げた思いだけはお伝えしたいと考えて参上いたしました」と言いました。天皇は今さらこの老女を妻にもできないと考え、懇ろに労って歌を贈りました――

引田（ひけた）の　若栗栖原（わかくるすばら）
若（わか）くへに　率寝（ゐね）てましもの　老（お）いにけるかも

　引田の、若い栗の木の多い原、
栗のように若い時なら寝たものを老いてしまったなあ。

天皇が和邇《わに》のヲドヒメ（袁杼比売）のもとに行くと道でばったり当人に会いました。ところが相手は恐れて丘に逃げ込んで隠れてしまって出てきません。そこで天皇は歌って

——

媛女（をとめ）の　い隠（かく）る岡（おか）を
金鉏（かなすき）も　五百箇（いほち）もがも　鉏（す）き撥（は）ぬるもの

　乙女が隠れた丘を鋤き返すのに、金鋤が五百基欲しい。

木ではなく金属の鋤が五百本ほしい、それで丘ぜんたいを鋤き返してでも探し出したい。この天皇の強引かつ積極的な性格がよく現れた歌です。そしてどうやらこの恋はこの時は成就しなかったらしい。失敗例も書くのが『古事記』のおもしろいところです（ただしこの乙女は後の方で宴会の席に連なっています）。

この話は『日本書紀』にはありません。その一方でもうこの時期には鉄製の鋤がある程度まで普及していたという社会的な事情も分かります。

神様関係でもおもしろいことがありました。

ある時、天皇は家来を引き連れて葛城の山に狩りに行きました。

すると向かいの山の尾根にこちらとそっくり同じ衣装と陣容の一行が出てきました。

「この倭国に私以外に王《きみ》はいないはずなのに、あそこを行くのはいったい誰だ？」と問うと相手も同じ問いを返します。無礼と思ってこちらの面々が矢をつがえると相手方も同じことをする。「名を名乗れ」というと、おもむろに「私は、悪いことも一言、良いことも一言、言葉を放つ神、葛城のヒトコトヌシノオホカミ（一言主之大神）である」と言いました。神様とは畏れ多い。急いで下馬して、身に付けた太刀や弓矢、衣装などを献上しました。家来たちも同じようにする。

そのまま野山で遊んで帰る時、一言主は長谷の登り口まで送ってくれました。

神様に愛されたのは天皇の徳ということでしょう。

実在した雄略天皇

この天皇のもとで世が安定して栄えたことはまちがいないようです。反抗する豪族は押し伏せ、大陸や半島から新しい技術を導入して産業を育成し、人も呼んで文化の振興を図りました。乱暴なふるまいも多々あったけれど国家建設者として優秀でした。

それを伝えるのは『古事記』ではなく『日本書紀』はじめ他の文献や史料です。雄略は大陸の史書などで実在が確定している最初の天皇です。『宋書倭国伝』に言う「倭王武」はこの人のこと。また考古学も彼の実在を証明しています。埼玉県の稲荷山古墳から出土した鉄剣に「獲加多支鹵」という文字が刻まれていました。「ワカタケル」と読みます。

国際的な国の地位を確立するために宋の国王に「倭王武」が送った上表文も残っています。渡来した知識人が書いたのでしょうが、格調高い見事な漢文と思えます――

宮中の宴会のようすに彼の世の栄耀栄華を見ましょう。天皇みずから歌って――

ももしきの　大宮人（おほみやひと）は
鶉鳥（うづらとり）　領巾取（ひれと）り懸（か）けて
鶺鴒（まなばしら）　尾行（をゆ）き合（あ）へ
庭雀（にはすずめ）　うずすまり居（ゐ）て
今日（けふ）もかも　酒水漬（さかみづ）くらし
高光（たかひか）る　日（ひ）の宮人（みやひと）
事（こと）の　語言（かたりごと）も　是（こ）をば

（ももしきの）宮廷に仕える者たちよ、
鶉《うずら》が肩にスカーフを掛けているのを真似て
鶺鴒《せきれい》が尾を交わすのを真似て、
また雀が蹲《うずくま》るのを真似て、
今日ばかりは酒に浸るまで飲みに飲んで、
輝く日の御子を讃えよう。
と、まあ、こういうことだ。

ちょっと注記しておくと、「鶺鴒《せきれい》が尾を交わすのを真似て」には性的な含意があります。性交のやりかたを教えたのはピコピコと尾を振るセキレイだという伝説があって、この鳥には「とつぎをしへどり」という別名がありました。天皇がここを歌った時、一座のものは大いに笑ったことでしょう。あるいは卑猥な仕草もあったかもしれません。

『古事記』はこの天皇を重用しています。ぼくの現代語訳で二十ページ以上を費やして記述された天皇は神武、応神、仁徳、ヤマトタケル、雄略の五人で、中でも雄略が一位。また後の方の「女たち」の章で書きますが、『万葉集』四千数百首の筆頭にあるのは雄略の歌です。

ぼくはこの天皇を主人公に時代相を組み込み、『日本書紀』などの話もたくさん入れて『ワカタケル』という長篇を書きました。

この天皇は享年百二十四。御陵は河内の多治比《たぢひ》の高鸇《たかわし》にある。

二十二代**清寧《せいねい》**天皇・シラカのオホ・ヤマト・ネコ（白髪大倭根子）は伊波礼《いはれ》の甕栗《みかくり》の宮に住んで天下を治めた。

雄略の子ですが、妃を娶る前に亡くなりました。従って事績も何もありません。

生まれつき白髪だったのでこの名が付いたのですが、父親はこれを瑞兆であると解釈しました。しかし実際にはそうではなかったらしい。

『古事記』には没年も陵の位置も記載がありません。

子がなかったので縁につながる者を探したところ、雄略に殺された従兄のイチノヘノオシハの妹イヒトヨが見つかりました。

飯豊王（イヒトヨのミコ）

正史に天皇とは書いてないのですが、清寧が亡くなって次の顕宗が立つまでの間（数か月から数年まで諸説あり）はどうもこの女性が天皇として国を束ねていたらしいのです。ですからここではヤマトタケルや神功皇后と同じく別格の天皇として項を立てました。

イヒトヨとは古語でフクロウの意です。

『古事記』には葛城の忍海《おしぬみ》の高木の角刺《つのさし》の宮《みや》にいることがわかった、としか書いてありません。しかし辺境に隠れていた兄の子のオケとヲケを宮中に迎え入れたのはこの人ですから、その時は皇位にあったことがわかります。

それとは別に、『日本書紀』には「女だから一度はやってみましょうか」と言って寝床に男を入れたけれど「たいしたことではなかった」と言ってその後は独り身で過ごしたという愉快なエピソードが載っています。

ドラマティックな顕宗天皇の即位

二十三代顕宗《けんぞう》天皇・ヲケノイハスワケ（袁祁之石巣別）は近飛鳥《ちかつあすか》の宮《みや》に住んで天下を治めた。

この人と次代の仁賢天皇の即位はとてもドラマティックです。

雄略の即位のことを思い出してください。兄の安康がマヨワに弑《しい》された時、彼オホハツセ（即位以前でした）はまず二人の兄、クロヒコとシロヒコを殺して皇位継承の候補を減らしました。次に従兄であるイチノヘノオシハを狩りに誘って暗殺しました。

これを聞いたイチノヘノオシハの二人の息子ヲケとオケは一目散に逃げました。次はオホハツセが自分たちを殺しに来るにちがいないと考えたのです。二人は貧しい姿で放浪して播磨まで行き、シジム（志自牟）という男の屋敷に雇われて目立たないように暮らしました。

清寧が崩御した後の空白の時期に、ヤマベのムラジ・ヲタテ（山部連小楯）というイヒトヨから派遣されて地方官になっていた人物がたまたまシジムの屋敷の新築祝いに招かれました。宴に連なる人々が次々に歌と舞いを披露するうち、主人が竈で火の番をしていた二人の若者に「おまえたちも何か歌え」と言い、二人は互いに順序を譲り合ったあげく、兄のオケの方が立って歌います。

その即興の歌の文句の最後に「天下をまちがいなく治められた天皇の子、市辺之忍歯王《イチのヘノオシハのミコ》のその子こそ、私たちだ」と弟が言ったので、ヲタテは驚きのあまり床から転がり落ち、その場にいる者をすべて外に出して、二人の若者の前に跪いて涙にむせびました。

早速に急使が都に差し向けられ（はゆまづかひ、早馬の遣いと呼ばれます）、二人の叔母にあたるイヒトヨに王子発見を伝えました。

イヒトヨは喜んで皇位を譲ろうとしますが、歌の順番の時と同じようにここでもオケとヲケは互いに相手を先に立てようとします。儒教にいう謙譲の美徳、仁徳の時と同じですね。ここでも弟の方が即位しました。

ドラマティックはまだ続きます。

即位の後のある日、一人の老婆が宮廷の玄関に現れました。

狩りに誘い出されて殺された天皇の父イチノヘノオシハが埋められたところを知っていると言う。そこに案内することができると。その言葉のとおりに人を送るとはたして犯罪隠蔽のために何の儀礼もなく埋められた遺体がみつかった。歯の特徴から身元が確認できた（オシハというのは目立つ八重歯のことのようです）。持ち帰って手厚く葬った。

殺害の一部始終を物陰から見ていた老女にはオキメ（置目）という名を授けて宮廷に住

まわせました。

まだあります。

その後、顕宗が兄であるオケに「雄略は憎んでも余りある。陵を暴いて天下に恥をさらしてやりましょう」と言いました。

オケはそれは人を遣ってできることではないので自分が行くと言います。

そして帰ってきて言うことには——


父王の怨みを殺害者の霊に報いようというのは一つの道理です。しかしこのオホハツセは、父の敵《かたき》ではありますが、同時に我々には従父《おじ》に当たり、しかも天下を治めた天皇でした。ただ父の敵に報いるという思いだけで天下を治めた天皇の御陵を壊したとなると、後の世の人たちが我々を非難するでしょう。それでも父の敵をそのままにはできない。そこで御陵の隅を少しだけ掘ることで相手を辱め、報復の思いを後の世に示すことにしたのです。


この判断に弟である天皇も納得しました。

顕宗天皇は享年三十八。皇位にあること八年だった。御陵は片岡の石坏《いはつき》の丘の上にある。

二十四代仁賢《にんけん》天皇・オケのミコトは石上《いそのかみ》の広高《ひろたか》の宮《みや》に住んで天下を治めた。弟に子がなかったので兄が皇位を継ぎました。

この天皇には子が七人あったというばかりで治世についての記録は『古事記』にはありません。目覚ましいことはすべて即位の前に済ませてしまったかのようです。子のうちの一人が次代の武烈《ぶれつ》天皇です。

仁賢の没年と陵墓についての記載は『古事記』にはありません。

武烈からあとは系譜のみ

二十五代武烈天皇・ワカサザキは長谷《はつせ》の列木《なみき》の宮《みや》に住んで天下を治めた。

『古事記』にはこれだけしか書いてありません。

八年の統治の後にみまかり、御陵は片岡の石坏の丘にあるとだけ。

しかし『日本書紀』には悪逆非道の天皇だったとして異常なふるまいが列記されています。妊婦の腹を割いて胎児を見るなどは序の口で、人を木に登らせて下から弓で射て落とすとか、女たちを裸にしておいて馬の交尾を見せつけ、ホトが濡れた者は殺し、乾いたままの者を身辺に侍らせるとか、その他たくさん。

あまりに派手な悪行なので却ってリアリティーがありません。中国の史書を参考にしての作文という説もあります。

子はいませんでした。

オホサザキすなわち仁徳に始まった系統はオホハツセすなわち雄略で頂点に達し、ワカサザキすなわち武烈で終わります。

二十六代**継体**《けいたい》天皇・ヲホドは伊波礼《いはれ》の玉穂《たまほ》の宮《みや》に住んで天下を治めた。

皇位の継承者は多すぎれば殺し合いになりますが、足りないのも困る。武烈に連なる候補者は見つかりません。十五代応神天皇まで遡ってようやく血縁として探し当てたのが近江にいたこの人ですが、『日本書紀』によればその先もすんなり即位に応じません。言を左右にして逃げ回り、ようやく即位しても大和に向かわず、そこに入ったのは十九年後のことでした。

『古事記』は子らを列記するのみで事績については何も書いていません。

以上、あまりに異例なのでいろいろ疑念が湧きます。

本当に血は繋がっていたのか。近江から越前あたりを拠点とする地方豪族が皇位を簒奪したのではないか。

享年は四十三。御陵は三島の藍《あゐ》にある。

二十七代安閑《あんかん》天皇

二十八代宣化《せんか》天皇

二十九代欽明《きんめい》天皇

三十代　敏達《びだつ》天皇

三十一代用明《ようめい》天皇

三十二代崇峻《すしゆん》天皇

三十三代推古《すいこ》天皇

この間、『古事記』は系譜を書くばかりで事績は何も書いてありません。これもまた二代から九代の間と同じく欠史と言えるでしょう。

女帝である推古天皇に至って『古事記』は静かにそっけなく幕を閉じます。

なぜ最後がこの人だったのか。この史書を書くことを命じた四十代天武天皇の意図の反映だったとすれば、それはどういうものだったのか、そのあたりも謎です。

なお、『日本書紀』は四十一代持統天皇までを丁寧に書いています。この女帝の在位は六九七年まで。『日本書紀』の成立は七二〇年ですからほぼ同時代まで書いたと言えます。

第六章

女たち

男女の差はなかった

日本の神話では、最初は両性はほぼ同資格です。

ここでぼくが両性と書いたのは男女と書きたくなかったからです。いかなる序列も避けたい。

まず性別について考えましょう。

両性の違いは明らか。女は子を産む。男は胤《たね》を提供する。

この原理というか因果律はすべての人間社会で知られていることです。

これに依って人間は基本的な他者との関係の構図を作ってきました。それが家族であり、親族や姻族、血族です。だから遠い土地に赴いた文化人類学者の最初の仕事はそこの言語での親族呼称を採集することでした。

日本語では「いとこ」は性も順序も区別しませんが、中国では従姉と従妹、従兄と従弟を分けます。西欧語からの翻訳者が困るところです。伯父伯母と叔父叔母も使いわける。語源は伯夷叔斉ですね。古代の聖人兄弟。

縦に遡れば男系は父・祖父・曽祖父・高祖父……、女系は母・祖母・曽祖母・高祖母……

イザナキとイザナミは天の浮橋に並んで立ってまだ液状のままだった下界を見下ろし、天《あめ》の沼矛《ぬぼこ》で掻き回して地面を造りました。

「二人が」とある以上この作業は共同だったのでしょう。男神が矛を持って掻き回し女神がそれを見ていたという印象ではない。性的な比喩としてみれば積極的にふるまった感じです。

そこに降りたって、イザナキが性交を提案し、イザナミは賛成します。そこで彼女の方が「ああ、なんてすてきな男」と言ってからことを行う。しかし結果は失敗。次回もうまくいかない。天の指示に従って発語の順序を変えてまずイザナキの方が「ああ、なんていい女なんだ」と言ってから行うと島々を産むことができた。

ここには僅かな序列があります。

しかしイザナミは従う女ではありませんでした。国土を産んだことに誇りを持っていました。だから火の神を産んで火傷で死んで黄泉の国に行ってからもイザナキを相手に対等に話す。現世に戻れる身になるまでは見るなという禁忌を夫が犯した時は真剣に怒る。

性交は軽かった

そもそも古代において性交とは何だったか。

それを行うと女の腹は大きくなり、十月ほど待つと子が生まれる。

子孫を維持するためには必須の行為です。

そこに快楽がついてくる。

これは食べることが快楽であるのと同じで、生きること・代々続いて繁栄すること、つまり個体が生命を維持しつつ自分の遺伝形質を次代に伝えることを促すための仕掛けです。

生きることは楽しい！


人間の心には連想という働きがあります。

あのことを行うとやがて子供が生まれる。

何もないところから何かが生まれる。

では稲が穂を付けるのも同じ理屈ではないのか。

人間たちが子作りに励むことが豊作につながりはしないか。

文化人類学に予祝という言葉があります。期待する結果を得るために、先立ってそれに類似する行為を模擬的に行うこと。

稲作に先立つ性交はその共同体の豊年満作を導くものと考えられました。志賀直哉の『暗夜行路』で主人公時任謙作が娼婦の乳房を「柔らかく握って見て」「豊年だ！　豊年だ！」と言うのはこの習俗の遠い残響でしょう。

あるいは『日本書紀』の皇極天皇の項にある和歌、

小林《をばやし》に我を引き入れて奸《せ》し人の面《おもて》も知らず家も知らずも

もただの出会い＝和姦（強姦？）ではなく、予祝など呪術的な意味があったのかもしれません。

いずれにしてもこの時代には性交は軽かったように思われます。

性交に禁忌がつきまとうのは後の世、社会が男系に傾いて父親の素性が重視されるようになってからではないのか。男としては間違いなく自分の子に家督や資産を遺したい。そのためには女の身辺を見張り、他の胤が入らないようにしなければならない。

これも『日本書紀』にある話ですが、二十一代雄略天皇が庭で遊んでいる女の子を見て、あれの母はだれと問うた。「和珥《わに》のフカメ（深目）の娘」です、と言われて「父は？」と重ねて問うと「あなたさまではありませんか」という答え。あれとは一夜しか共寝をしていないと言えば、「その一夜に何度なさいましたか？」

「七度」と答えて、「むやみに女を疑うものではありません」と窘められる。

しかしこの疑念はいつも男について回るのです。だから中国では後宮を作って宦官に見張らせるようにした。
『古事記』で言えばホノニニギの妻のコノハナノサクヤビメも一夜の共寝で妊娠したことを疑われました。彼女は「安産ならばあなたの子」と言って無事に子を産みました。

気に入れば誘い、好ましいと思えば応じる

それはそれとして、この時代の恋愛は制度の縛りが少なく自由であるように思えます。
性交が軽いというのはそういうことです。
出会って気に入れば誘う。相手も好ましいと思えば応じる。
二人の仲の他に気遣うことはないかのようです。
そこで名前が大事です。
名を問うて答えればそれは応じたことになる。
『万葉集』の最初に置かれた二十一代雄略天皇の歌——

籠（こ）もよ　み籠持（こも）ち
掘串（ふくし）もよ　み掘串（ふくし）もち

この丘（をか）に　菜摘（なつ）ます子
家（いへ）告（の）らせ　名告（なの）らさね
そらみつ　倭（やまと）の国（くに）は
おしなべて　我（われ）こそ居（を）れ
しきなべて　我（われ）こそ座（ま）せ
われこそは　告（の）らめ　家（いへ）をも名（な）をも

その籠、その篦（へら）を持って、春の丘で若菜を摘む子よ。
おまえだ。
おまえは美しい。
さあ家を教えろ、名を教えろ。
共寝しよう。
言わぬならこちらから名乗るぞ、
（そらみつ）この倭（やまと）の国は
隅から隅まで、この我が統べておるのだ。
端から端まで、この我が治めておるのだ。

我こそは大王。

名を聞いて相手が答えないので自分から名乗る。大王と知って拒みはすまいという自信ですね。

しかし女が一度は断るということがあります。『古事記』で最初に出てくる例はヤチホコ（オホクニヌシ）とヌナカハヒメ。ここは詳しくそのままを引用しましょう。

ヤチホコとヌナカハヒメ

ヤチホコ（オホクニヌシの異名です）は越後の沼川というところ（出雲からは遠いです）に美女がいると聞いて出かけて行きます。相手の家に着いたところで歌って——

八千矛（やちほこ）の　神（かみ）の命（みこと）は
八島国（やしまくに）　妻枕（つまま）きかねて
遠遠（とほとほ）し　高志（こし）の国（くに）に

賢（さか）し女（め）を　有（あ）りと聞（き）かして
麗（くは）し女（め）を　有（あ）りと聞（き）こして
さ婚（よば）ひに　あり立（た）たし
婚（よば）ひに　あり通（かよ）はせ
太刀（たち）が緒（を）も　いまだ解（と）かずて
襲（おすひ）をも　いまだ解（と）かね（ば）
嬢子（をとめ）の　寝（な）すや板戸（いたど）を
押（お）そぶらひ　我（わ）が立（た）たせれば
引（ひ）こづらひ　我（わ）が立（た）たせれば
青山（あをやま）に　鵼（ぬえ）は鳴（な）きぬ
さ野（の）つ鳥（とり）　雉（きぎし）はとよむ
庭（にわ）つ鳥（とり）　鶏（かけ）は鳴（な）く
慨（うれた）くも　鳴（な）くなる鳥（とり）か
この鳥（とり）も　打（う）ち止（や）めこせね
いしたふや　海人馳使（あまはせづかひ）
事（こと）の　語言（かたりごと）も　是（こ）をば

ヤチホコは、国の中をあちこち探しても抱いて寝るのにふさわしい妻を得られず、遠い遠い高志国に気立てのよい乙女がいると聞いて、綺麗な乙女がいると聞いて、これを妻にしようと思い立ち、妻にしようと旅に出て、（ようやく着いて）太刀の紐も解かないうちに、被り物もまだ脱がないうちに、乙女の寝る家の板戸の前に立って押し揺すぶっても、立って何度引いても、（返事はない、そのうちに）青々と茂った山で鵼は鳴くし、野原では雉が大声を出すし、庭の鳥である鶏まで鳴き出した。いまいましくも鳴く鳥どもだ。（いしたふや）海人馳使さんよ、ひっぱたいてでも鳴き止ませてくれ……という風なことでございました。

しかしヌナカハヒメはやはり板戸を開かず、中から歌を返しました——

八千矛（やちほこ）の　神（かみ）の命（みこと）
ぬえ草（くさ）の　女（め）にしあれば
我（わ）が心（こころ）　浦渚（うらす）の鳥（とり）ぞ
今（いま）こそは　我鳥（わどり）にあらめ

後（のち）は　汝鳥（などり）にあらむを
命（いのち）は　な殺（し）せたまひそ
いしたふや　海人馳使（あまはせづかひ）
事（こと）の　語事（かたりごと）も　是（こ）をば

青山（あをやま）に　日（ひ）が隠（かく）らば
ぬばたまの　夜（よ）は出（い）でなむ
朝日（あさひ）の　笑（ゑ）み栄（さか）え来（き）て
栲綱（たくづの）の　白（しろ）き腕（ただむき）
沫雪（あわゆき）の　若（わか）やる胸（むね）を
そ手抱（だただ）き　手抱（たた）き愛（まな）がり
真玉手（またまで）　玉手（たまで）さし纏（ま）き
股長（ももなが）に　寝（い）は寝（な）さむを
あやに　な恋（こ）ひ聞（き）こし
八千矛（やちほこ）の　神（かみ）の命（みこと）
事（こと）の　語事（かたりごと）も　是（こ）をば

ヤチホコの神様、私はなよなよと草のようなか弱い女です。心は潮の引いた砂州に遊ぶ水鳥、そわそわしておりますが今は御意に従えない鳥、やがてあなたの鳥となります。（いしたふや）海人馳使さん、どうか鳥を殺したりしないで下さい……という風なことでございました。

（今日の夕方）あの青山に日が沈んだら、やがて（ぬばたまの）夜が来るでしょう。私は朝日のように明るく微笑んで（あなたを迎え）、栲の布のように白い腕で（あなたを抱き）、泡雪のように白い胸に（あなたを抱き）、手と手を絡み合わせ、腿と腿をぴったり重ね合わせて思うかぎり共に夜を過ごしますから、（今は）そうむやみに恋い焦がれませぬよう……という風なことでございました。

この初回は断るという例は他にもたくさんあります。

それが習慣だったのでしょうか。

この説明として「初夜の忌《いみ》」という言葉が文化人類学にあります。新婚の初めの晩にはとりあえず夫婦は性交を慎む。魔の介入を避けるとか、血の汚れを避けるとか、いろいろに説明されています。

恋愛はわりあい自由、しかし天皇や豪族の結婚は政略に基づきます。十一代垂仁天皇は七名の妻との間に計十六名の子を成しました。世継ぎを確保すると同時に婚姻によって互いの関係を強化し権力の安定を図るという意図があります。だから『古事記』は厖大な紙面を割いて系図を綿密に記録しているのです。

後の貴族たちは夫の方が妻の家を訪ねる招婿婚（妻問い）で、生まれた子は母親のもとで育てられました。

庶民の間ではこういう配慮はなく、自由な結びつきだったと考えられます。先の「小林に……」の歌の場合などはその例でしょう。仲が永続的であるか否かは本人しだい、それに子のあるなしによったのではないか。稲作は家族労働を必要としますから、それも結びつきの安定に関わったかもしれません。

政略的に有利だからと言って、必ずしも結婚が自動的に成立したのではないようです。娘が先に男に会って好きになって、それから父親の許可を求める。

例えば、地上に降り立った天孫ホノニニギは美しい若い女に出会いました。

「おまえは誰の娘か？」と問うと、「大山津見神（オホヤマツミのカミ）の娘、名前は神阿多都比売（カム・アタ・ツ・ヒメ）、またの名を、木花之佐久夜毘売（コのハナノ・サクヤ・ビメ）と申します」と答えた。

「おまえを妻として共寝したいと思うが、いかがか？」と問うた。

「お答えはわたくしの口からは申せません。父オホヤマツミから申し上げましょう」と答えた。

もちろん父はこの結婚を承諾します。

自分の意思で恋を決めた女たち

その一方、自分の意思で恋を決めた気丈な女たちもいました。

その典型が十六代仁徳天皇に呼び出されたメドリ（女鳥）です。

使者として立ったのは仁徳の弟のハヤブサワケ。

この使者に対してメドリは、「大后《おおきさき》さまが強情なのでヤタノワキイラツメさまは后になれなかった。私は后になりたくない。私はあなたの妻になりたい」と答えます。

仁徳の正妻のイハノヒメは嫉妬深いので知られていました。クロヒメ、ヤタノワキイラツメなどは彼女が退けた女たちです。それを知っていたからメドリはハヤブサワケを選んだ。そして「あなたはハヤブサなのだからミソサザイなど捕ってしまいなさい」と皇位簒奪を持ちかけます（仁徳はオホサザキ、サザキは今でいうミソサザイです）。

国を動かした女帝たち

天皇として国を動かした女性もいました。

その筆頭が神功皇后。

これは後の名で、生きていた頃はオキナガタラシヒメでした。十四代仲哀天皇の后。

ある時、彼女に神が降りて、天皇に向かって「西の方に国がある。その国には金や銀をはじめ、目にも輝かしいさまざまな珍しい宝物がたくさんある。その国をおまえに服従させてやろう」と言いました。しかし天皇はどこの神かもわからないとこれを無視します。すると神の怒りに触れて立ちどころに天皇は死んでしまいました。

それで皇后が天皇に代わって軍勢を率いて出征することにしました。海を越えて新羅に攻め込んで征服した。

「そこですべて教えられたとおりに計らって、兵士を用意し船を並べて、海を渡ろうとすると、海の魚が大きいのも小さいのもみな集まって船を負って運んだ。更に、追い風が吹き起こって船は波に任せて速やかに進んだ。この波はそのまま新羅の国に押し上がり、勢いよく国土の半分までを浸した」というのはまあおとぎ話ですね。相手は降伏して忠誠を誓ったと。

それで後世には神功皇后、すなわち神の功《いさお》の皇后と呼ばれるようになりました。帰国してからも実際に天皇としてふるまい、退位の後も七十年近くに亘って摂政の地位にあったとされています。

一八八一年（明治十四年）発行の一円紙幣に彼女の肖像があるのですが、これがほとんど若いイタリア女性の顔。御雇外国人の画家キョッソーネが印刷局の女子職員をモデルにしたと言われていますが、どうも怪しい。彼の若い日の思い出が染みだしたのではないかと疑ってしまう。

いずれにしても神功皇后は古墳時代の女性のスターでした。

イヒトヨ（飯豊）も天皇に準じるとされています。二十二代清寧天皇と二十三代顕宗天皇の間にあって政務を担当した。正式の天皇の列には加わっていませんが「清貞天皇」という名もあり、今でも宮内庁は彼女を「履中天皇々孫女　飯豊天皇」としています。

この人について『日本書紀』におもしろい話があります。

世の中のすべての男女がセックスに夢中になっているので試しに男を寝床に呼んでやっ

てみた。しかし大しておもしろいことではないと知って一度でたくさんと言ったとか。

言うまでもなく、男に運命を左右される弱い女の例もたくさんあります。

クシナダヒメは八俣のヲロチに食べられる寸前にスサノヲに救出される。メドリが例外で、たいていの女は誘われるままに妃になります。

これがギリシャ神話ならばペルセウスに救われるカシオペイアのような救出待ちの例もありますが、しかし彼女には美貌を鼻にかけて驕慢にふるまったという自発的な理由がありました。ダナエーは黄金の雨に化けたゼウスに犯され、オイロパはやはりゼウスが化けた牡牛に乗ってさまよいます（彼女の名が「ヨーロッパ」の語源です）。トロイのヘレンの場合、パリスによる拐帯にはどこまで本人の同意があったのか。自分の運命を自分で決められないという女たちの嘆きをそのまま表現したのがエウリピデスの『トロイアの女たち』です。

しかしギリシャ神話において人間の女たちは弱いけれども女神は強い。ヘラもアテナもアルテミスもアフロディテも自分の意思でどんどん行動します。

ぼくはアマテラスという至高の女神がどうも優柔不断でなにかとタカギなど男神たちの意見に頼るのがふがいないと思うのですが。

『万葉集』に残る女たちの恋の歌

『万葉集』が成立したのは『古事記』の数十年あとですが、男女の仲についての社会の雰囲気はまだそう違っていなかったでしょう。

若い女が自分の意思で恋をして、それで嘆くという歌があります。この恋、相手はなんと天皇です。呼び寄せるのではなく彼の方から会いに行く。

こもりくの
泊瀬小国（はつせをぐに）によばひせす
我（わ）が天皇（すめろき）よ
奥床（おくとこ）に　母（はは）は寝（いね）たり
外床（とどこ）に　父（ちち）は寝（いね）たり
起（お）き立（た）たば　母知（はは）知（し）りぬべし
出（い）でて行（ゆ）かば　父知（ちち）知（し）りぬべし
ぬばたまの　夜（よ）は明（あ）け行（ゆ）きぬ
ここだくも　思（おも）ふごとならぬ
隠（こも）り妻（づま）かも
（3312）

（こもりくの）この初瀬の国まで私《わたくし》と寝ようと来て下さった大王《おほきみ》さま。でも奥の床には母が寝ております。戸口の床には父が寝ております。私が起きて立てば母は気付くでしょう。出てゆけば父は気付くでしょう。（ぬばたまの）夜は明けてゆきます。こんなにも思うままにならない、隠れ妻である私です。

その一方、巧みに恋人を呼び込もうとする賢い娘もいました。

たまだれの　をすのすけきに　いりかよひこね　たらちねの　ははがとはさば　かぜ
とまうさむ　（２３６４）

玉を連ねた御簾《みす》の隙間から、どうぞ入ってきて下さい。もしもお母さんが何の音と聞いたら、風と答えましょう。

思い悩むサホビメ

文学の質として見ると、『古事記』には本当に悩む人物がほとんど出てきません。

神も人も、男も女も、みな直情径行、出会って気が合えば寝るし、欲しければ奪う。それができなければ殺す。彼らの心には逡巡の余地がありません。

文学史を辿れば『竹取物語』までがそうかもしれない。かぐや姫は男たちのしつこい求婚に困惑はしても迷いはしない。迷ったとすれば最後の場面、月に帰るに際して少し地上に未練を残すあたりだけでしょう。

しかしその百年後に書かれた『源氏物語』になると、これはもう迷う話ばかりです。登場人物のみなが心の中に矛盾する思いを抱え込んで悩む。苦しむ。

藤壺は義理の息子に言い寄られて、断ろうとしながら断りきれなく、結局は受け入れて、しかしその後は悔悟の思いに苛まれる。紫の上は光君ともっとも長く安定した仲を維持して夫が須磨・明石に行っている間も留守宅の経営を任されるほど信頼されていたのですが、それでも夫と他の女たちとの行き来に悩んでしばしば出家を考えます。

「宇治十帖」のヒロインである浮舟は匂宮と薫大将という二人の男の間で迷い（つまり一方をはっきり捨てることができず）、最後には自ら川に身を投げることで解決を図ります。

『古事記』でたぶん唯一この種の煩悶を抱え込むのが十一代垂仁天皇の后となったサホビメです。二人の男の間に挟まれてどちらの側に身を置くかという事態に追い詰められる。

一方は夫である天皇、もう一方は同母の兄のサホビコ。違う種類の愛です。兄から「夫と兄とどちらが愛しいか」と面と向かって問われて、彼女はつい「兄の方が」と答えてしまいました。

すると兄は「本当に俺の方が愛しいのなら、俺とおまえで天下を治めよう」と言って彼女に小刀を渡します。これで夫＝天皇を刺し殺せと。

自分の膝枕で寝ている夫の上で三度まで小刀を振り上げますが、刺せない。涙が夫の顔に降りかかる。

目を覚ました夫が「怪しい夢を見た。沙本《さほ》の方から驟雨が来て私の顔を濡らした。そして錦色の小さな蛇が私の首にまつわりついた。この夢は何のしるしだろうか」と言うので、ことの次第を話しました（沙本は兄妹の出身地。蛇は兄の叛意の象徴でしょう）。

天皇はすぐにサホビコを攻めましたが、その砦にサホビメは逃げ込みます。

この時、彼女は妊娠していたので出産までは休戦ということにしました。

そして子が生まれた。

サホビメはこの子をそちらで育ててほしいと天皇に言いました。

天皇はこれを承け、妻をまだ愛していたので子の受け渡しの時に連れ戻そうと力の強いすばしこい兵を差し向けました。

しかし妻は夫がそうするであろうことを読んでいた。

彼女は、まず髪を剃って、その髪で頭を覆い、玉飾りの紐はわざと腐らせて手首に三重に巻き、着るものも酒に浸して腐らせ、見た目は普通の着物のように見せかけました。

そこまで準備してから、子を抱いて出てきました。

力のある兵士たちはまず子を受け取り、次に母親を捕まえようとしましたが、しかし髪を摑むと髪は外れ、手を握れば玉の緒は切れ、着ているものを摑めばすぐに破れる。子は取り返したが、母親は取り返せなかったのです。

その後、妻＝母は子の名をホムチワケとするように言い、育児の方法から夫の後添いの指名までして、兄と共に死にました。

サホビメの兄と夫の間で揺れるこの心理の描写は『古事記』で他にはないものです。一度は兄に傾き、しかし情によって夫に戻る。しかし出産の後では母＝妻として生きるよりは兄に殉じる方を選び、周到な準備でこれを実現する。

説話の段階を超え、小説のヒロインとして彼女は完璧です。

第七章

詩歌と歌謡

戦意高揚の久米歌

『古事記』には詩歌ないし歌謡がたくさんあります。

同じものですが詩歌は紙に書かれたもの、歌謡は声に出すものというニュアンスの違いがあるでしょうか。

いずれも「うた」です。

ぼくがなにかと頼りにする『古典基礎語辞典』によれば「うた」とは「音数律によって拍子をとり、節をつけて声に出し、自分の気持ちを表現するもの」です。

この先は漢字で歌と書きます。

今、ぼくたちは印刷されたものを目で読みますし、『古事記』の作者も紙に書くことを前提として文字で書いているのですが、その一方で本来は歌とは節がついているものであったこともわかるようにしています。

歌は大きく集団の歌と個人の歌に分かれます。

集団の歌の例として久米歌を見てみましょう。

これは初代神武天皇の兵士たちが戦いの前に歌った戦意高揚の歌です。

宇陀（うだ）の　高城（たかき）に　鴫罠張（しぎわなは）る
我（わ）が待（ま）つや　鴫（しぎ）は障（さや）らず
いすくはし　鯨障（くぢらさや）る
前妻（こなみ）が　肴乞（なこ）はさば
たちそばの　実（み）の無（な）けくを　こきしひゑね
後妻（うはなり）が　肴乞（なこ）はさば
いちさかき　実（み）の多（おほ）けくを　こきだひゑね
ええ　しやごしや　此はいのごふぞ
ああ　しやごしや　此は嘲咲（あざわら）ふぞ。

鴫を捕ろうと宇陀の狩場で罠を仕掛けて待っていたら、なんと鯨がかかった。古い妻がおかずが欲しいと言ったら肉の少ないところを削ぎ取ってやれ、新しい妻がおかずが欲しいと言ったら肉たっぷりのところを削ぎ取ってやれ。
ええ、ざまをみろ。（これは突っかかる口調で）
ああ、ざまをみろ。（これは大声で笑う口調で）

軍隊というホモソーシャルな集団で男どもが酔って蛮声を上げて歌って笑い転げる。内容は山で鯨が捕れたというナンセンスと古い妻と若い妻の扱いの差違。ようするに言いたい放題。これで結束が強まるのでしょう。

もっとはっきり戦闘的なものもあります——

みつみつし　久米（くめ）の子（こ）らが
粟生（あはふ）には　韮一本（かみらひともと）
そ根（ね）がもと　そ根芽（ねめ）つなぎて　撃（う）ちてし止（や）まむ

（みつみつし）久米の兵士たちの粟の畑にニラが一本。それを根も芽もまとめて引っこ抜くように、討たずにおくものか。

この種の集団の歌に対して個人の思いを伝える歌があります。例えば恋。
ずっと後、十六代仁徳天皇が大后のイハノヒメに向けて歌った歌——

つぎねふ　山代女（やましろめ）の
木鍬持（こくはも）ち　打ちし大根（おほね）
根白（ねじろ）の　白腕（しろただむき）
枕（ま）かずけばこそ　知らずとも言はめ

（つぎねふ）、山城の女が木の鍬で耕して育てた大根。その大根のように白い腕を枕に寝た私を知らないとは言わないだろうな。

この歌の最後に「志都歌《しつうた》の歌返しである」と書いてあります。これはメロディーを指定し、かつそれを変奏でという歌いかたについての注です。明らかに声に出して歌われていたことがわかります。

七五調はまだない

『古事記』の歌には日本の詩歌の基本の律とされる七五調がありません。

数十年後に編まれた『万葉集』がほぼ全面的に七五調であることを考えると不思議なことです。

もっと大事なのは、『古事記』の歌には作者がいないということ。先の仁徳天皇がイハノヒメに向けて詠んだという歌にしても、たぶんこれは民間に流布していた恋歌をここにはめ込んだものでしょう。この時代にはまだ専門の歌人はおらず、その作に倣って一般の人々が歌を詠むということもありませんでした。『古事記』の執筆の途中で状況に応じて歌を作って挿入したとおぼしい例もありますが、しかしその歌は作者の名を伴わなかった。歌を作るという行為は未だ個人化されていなかった。

『万葉集』から後、日本の詩歌は和歌という形式に収斂しました。

律は五七五七七、これだけで完成。

世界中でこれほど短い詩は他にありません。

しかもこれが大流行して、他のすべての詩形を圧倒して、一千三百年たった今も大量に作られて隆盛を誇っている。行分けのいわゆる現代詩はおろか俳句だって短歌にはとてもかなわない。

しかし、『古事記』の時にはそれはなかったのです。

だから当然のことながら和歌よりは長い。

先に引いた仁徳天皇の歌はずいぶん短い方で四行、長い方だと十五代応神天皇が宴会の席で詠んだ「この蟹や　何処《いづく》の蟹……」に始まる歌は十九行あります。目の前に料理として出された蟹をきっかけに技巧をこらして目の前にいる乙女（ヤカハエヒメ）を褒め讃えて口説く（遠い敦賀から来たという蟹は塩辛だったでしょう）。蟹の身になって歌ったとも読めます。よく読むと乙女を褒める修辞がどことなく蟹っぽい。

長いので後半を訳だけ引けば、「……（しなだゆふ）佐佐那美《ささなみ》の道を、俺さまがどんどん進んでゆくと、木幡《こはた》の道で娘に出会った。後ろ姿は手持ちの小楯のようにすらりとして、歯並びはまるで椎の実か菱の実のよう。櫟井《いちひゐ》の丸邇《わに》坂の土、すぐ掘れるところは赤っぽくて使えない。深く掘ると黒くて使えない。ちょうどいい中のところを、強い火には当てずに作ったのを、こうやって眉に沿って塗った、きれいな女。この相手とああもなりたい、こうもやりたいと願っていたら、今こうして向き合っている、添い合っているのは、なんと嬉しいことか」

（0029）

『万葉集』にも長い歌は少しながらあります。

柿本人麻呂は長歌の名人でした。

玉（たま）たすき　畝傍（うねび）の山（やま）の
橿原（かしはら）の　ひじりの御代（みよ）ゆ

生（あ）れましし　神（かみ）のことごと
栂（つが）の木（き）の　いや継（つ）ぎ継（つ）ぎに
天（あめ）の下（した）知（し）らしめししを
そらにみつ　大和（やまと）を置（お）きて
あをによし　奈良山（ならやま）を越（こ）え
いかさまに　思（おも）ほしめせか
天離（あまさか）る　鄙（ひな）にはあれど
石（いは）走（ばし）る　近江（あふみ）の国（くに）の
楽浪（ささなみ）の　大津（おほつ）の宮（みや）に
天（あめ）の下（した）知（し）らしめしけむ
天皇（すめろき）の　神（かみ）の命（みこと）の
大宮（おほみや）は　ここと聞（き）けども
大殿（おほとの）は　ここと言（い）へども
春草（はるくさ）の　茂（しげ）く生（お）ひたる
霞（かすみ）立（た）つ　春日（はるひ）の霧（き）れる
ももしきの　大宮（おほみや）ところ

見（み）れば悲（かな）しも

三十八代天智天皇の御代に都だった大津を通った際、その面影もないことを嘆いて詠んだ歌です（この間の時差は二十年くらいでしょうか）。枕詞や対句などの技術を駆使してこれだけの長さを支えている。朗唱に耐える歌ですが、これは七五調ではなく五七調で読みます。

反歌として短歌が二つ添えられています。

ささなみの志賀（しが）の唐崎（からさき）幸（さき）くあれど　大宮人（おおみやびと）の船（ふね）待（ま）ちかねつ

ささなみの志賀（しが）の大（おお）わだ淀（よど）むとも　昔（むかし）の人（ひと）にまたも逢（あ）はめやも

この先で日本人は長歌を捨てて短歌だけにした（ここで言う短歌とは近代の正岡子規以降のものの意ではなくいわゆる和歌のことで、長歌と区別するために用いました）。

教養人がみな短歌を詠む時代が長く続いた後、これにも少し飽きたのか、短歌を上の句と下の句とに二人で分けて詠むことに始まって、それを複数の歌人で繋ぐ連歌が流行し、これで少しは長くなったと思ったら今度は連歌の最初の上の句だけを独立させる発句になり、これがやがて俳句になります。つまり極限まで短くなった。

中国の詩も五言絶句は五字×四行ですからたしかに短い。しかし漢字は一字ずつが単語ですから実態は短歌よりずっと長い。音節が二十しかないわけではない。

一例として、李賀の作品を挙げてみましょう――

莫種樹

園中莫種樹　　庭に木を植えてはいけない
種樹四時愁　　木を植えるといつも淋しいから
獨睡南牀月　　南に向いた寝床で月を見て独り寝る
今秋似去秋　　この秋も去年の秋と変わらない　（ぼくの訳）

この雰囲気はちょっと日本の侘びや寂びの境地に似ていますね。

宴会で披露された歌

さて、『古事記』の歌謡は集団の歌と個人の歌の二つに分けられると書きました。

前者の典型が先に引いた久米歌。

戦いを前に兵士たちの気持ちを一つに束ねて戦意を高めるための歌。

今でも軍歌はそうですし、社歌や校歌も同じ。そして国歌も同じ目的で歌われます。「君が代」はおっとりしていますが、フランスの「ラ・マルセイエーズ」などなにしろ元が革命歌だから「市民よ、武器を取れ　隊列を組め」とやたらに勇ましい。

こういう歌は斉唱に向いています。

しかし集団に属しながら一人が歌ってみんなが聞くという種類の歌もあります。宴会の場で披露される類。

まずはその場に供された酒を褒めましょう。

神功皇后の皇子が戻った時の宴で臣下のタケウチが歌った歌――

この御酒（みき）を　醸（か）みけむ人（ひと）は
その鼓（つづみ）　臼（うす）に立（た）てて
歌（うた）ひつつ　醸（か）みけれかも

舞（ま）ひつつ　醸（か）みけれかも
この御酒（みき）の　御酒（みき）の
あやにうた楽（だの）し　ささ

この酒を醸した人は、鼓を臼のところに立てて、
歌いながら、踊りながら、醸したかもしれない。
この酒は、この酒は、とことん楽しい酒。
いざいざ。

音曲に合わせて醸された酒はたしかにおいしいでしょう。
宴席に鼓が用意してあって歌と共演したのではないか。
この形が更に進むと演劇性が加わります。
二十一代雄略天皇が長谷で酒宴を開いた時に歌った歌――

ももしきの　大宮人（おほみやひと）は
鶉鳥（うづらとり）　領巾取（ひれと）り懸（か）けて

鶺鴒（まなばしら）　尾行（をゆ）き合（あ）へ
庭雀（にはすずめ）　うずすまり居（ゐ）て
今日（けふ）もかも　酒水漬（さかみづ）くらし
高光（たかひか）る　日（ひ）の宮人（みやひと）
事（こと）の　語言（かたりごと）も　是（こ）をば

（ももしきの）宮廷に仕える者たちよ、
鶉《うずら》が肩にスカーフを掛けているのを真似て
鶺鴒《せきれい》が尾を交わすのを真似て、
また雀が蹲《うずくま》るのを真似て、
今日ばかりは酒に浸るまで飲みに飲んで、
輝く日の御子を讃えよう。
と、まあ、こういうことだ。

ここでは歌い手は明らかに鶉、鶺鴒、雀など鳥の姿を真似て所作をしています。
鶉はずっと後の世の狂言「木六駄」の中に「うずらまいをみまいな、うずらまいをみまいな」という台詞に導かれる鶺舞いとして出てきます。あの鳥の動きは舞いにしやすかったのでしょう。

この先には問答という形式があります。

初代神武天皇がイスケヨリビメに求婚すべく、部下のオホクメを遣わしたところ、オホクメの大きな目を見て驚いたイスケヨリビメの歌——

胡鷰子鶺鴒（あめつつ）　千鳥（ちどり）　ま鵐（しとと）
など黥（さ）ける利目（とめ）

あめつつ　ちどりましとと、なんでそんなに大きな目なの。

オホクメが答えて歌うには——

媛女（をとめ）に　直（ただ）に逢（あ）はむと

我（わ）が黥（さ）ける利目（とめ）

お嬢さんにまっすぐ会おうと、それで私の大きな目。

鳥の名を並べるのはわらべ唄の手法ですね。

これがやがて本格的な芝居になります。

前にも引いたヤチホコとヌナカハヒメの間のやりとりが典型です。歌い手が二人の間の掛け合いでとても滑稽。

このやりとりで男は戸を押したり引いたり、鵼や雉や鶏に腹を立てるようすなどを演じたでしょう。これに対して姫の方の歌い手は「栲綱《たくづの》の　白き腕／沫雪《あわゆき》の　若やる胸を／そ手抱《だた》き　手抱《たた》き愛《まな》がり／真玉手《またまで》　玉手《たまで》さし纏《ま》き／股長《ももなが》に　寝《い》は寝《な》さむを」というところなどずいぶんエロティックな仕草を見せたでしょう。この歌い手が女だったら本当に色っぽいし、もしも男が演じたらそれはそれでおかしい。酒も入っているし宴会は盛り上がったはずです。

死の前に歌う切実な歌

これら集団の場の歌に対して個人の思いを述べる歌があります。

死を前にした歌はとりわけ切実です。

たった一人の思いを誰にむけてでもなく歌にする。

東国を回って反抗的な部族を平定したヤマトタケルは故郷に向かいますが、その途中で力を失い、自分がまもなく死ぬと覚ります。大和に帰り着く前に命の緒は切れる。

そこで彼は歌います――

倭（やまと）は　国（くに）のまほろば
たたなづく　青垣（あをかき）
山隠（やまごも）れる　倭（やまと）しうるはし

倭は囲まれた国、山々は青い垣のように居並び、
その山々に守られて倭はうるわしい国。

また歌って――

命（いのち）の　全（また）けむ人（ひと）は
畳薦（たたみこも）　平群（へぐり）の山の
熊白檮（くまかし）が葉（は）を　髻華（うず）に挿（さ）せ　その子（こ）

まだまだ先の長い人は、（たたみこも）平群の山の熊樫の葉を髪に飾るといい、その子は。

更に歌って――

愛（は）しけやし　吾家（わぎへ）の方（かた）よ
雲居起（くもゐた）ち来（く）も

懐かしい我が家の方から雲が湧く、雲が湧く。

ここで急に病状が悪化しましたが、それでも歌って――

嬢子（をとめ）の　床（とこ）の辺（べ）に
我（わ）が置（お）きし　つるきの太刀（たち）　その太刀（たち）はや

乙女の寝床に私が置いてきたあの刀、あの刀が恋しい。

ここで彼は亡くなります。
死を前にしての望郷の歌を重ねることで哀切の思いを伝える。

国を讃える歌

個人の感情を言葉にする、宴会を盛り上げる、戦意高揚を図る、それらとはまた別の種類の歌があります。

国を褒める、讃える。

ここにいう国は制度としての国家ではなく、暮らしの場として与えられた国土です。それを褒めることには呪術的な効果があると人は信じていました。

国の首長が高い山に登って自分の領土を視察します。見ることによって自分の地位と責任を改めて確認すると同時に安寧・豊饒・繁栄を願う。一種の予祝で、国見と呼ばれます。

十六代仁徳天皇が宮廷に呼び入れたクロヒメという美女が大后イハノヒメの嫉妬に耐えかねて故郷の吉備に帰ってしまう。天皇は彼女が恋しくて視察を名目に淡路島に行きます。そこで歌ったとされるのが――

おしてるや　難波（なには）の崎（さき）よ
出（い）で立（た）ちて　我（わ）が国見（くにみ）れば
淡島（あはしま）　淤能碁呂島（おのごろしま）
檳榔（あぢまさ）の　島（しま）も見（み）ゆ　さけつ島見（しまみ）ゆ

（おしてるや）難波の岬、そこから出て自分が統べる国を見れば、淡島、淤能碁呂島が見える。

檳榔の生えた島も見える。離れた島々も見える。


という歌。これは実際には国見の歌です。

先にヤマトタケルの最後の歌として引いた「倭は　国のまほろば　たたなづく　青垣

山隠れる　倭しうるはし」も国見の歌です。

巨木信仰と「枯野」

自然物に対する崇敬という系列の延長上に仁徳天皇の「枯野《からの》」の話があります。

まず一本の立派な木を巡る伝説が語られる——

河内の国、免寸河《とのきがは》の西に一本の背の高い木がありました。

その木の影は朝日に当たれば淡路島に届き、夕日に照らされれば高安山《たかやす》を越えた。その木を伐って船を造ったところ、とても速く進む船ができたので、これに　枯野（カラノ）という名を付け、朝な夕な淡路島の清水を汲んで天皇の飲み水として宮廷に届けました。

長く使ううちに船は壊れてしまったので、その材を使って塩を焼き、それでも余ったところで琴を作った。

話はここまで。その先に歌があって——

枯野（からの）を　塩（しほ）に焼（や）き
其（し）が余（あま）り　琴（こと）に作（つく）り

かき弾（ひ）くや　由良（ゆら）の門（と）の
門中（となか）の海石（いくり）に　振（ふ）れ立（た）つ
なづの木（き）の　さやさや

枯野で塩を焼き、残ったところで琴を作った。
これを弾くと、由良の港に近い海の中、
そこの岩に水に浸かって立つ木が、さやさやと鳴るかのよう。

同じ話が『日本書紀』の応神天皇の項にもあって、この『古事記』のバージョンとは細部がずいぶん違います。

巨木信仰という言葉があります。ぼくは信仰というほどではなく崇拝くらいではないかと思うのですが、ともかく飛び抜けて大きな木はそれだけで人々の敬意を集める。ぼくと縁の深い石川県白山市桑島には樹齢四百年、幹高が二十三メートルという栃の木があって名物になっています。同じような木は全国あちこちにある。

この「枯野」という話では、とても高い一本の木の変身を次々に心地よく語ってゆきます。木はまず船になって淡路島から宮廷へ水を運び（天皇が口にするものは御饌《みけ》と呼ばれて別格に扱われます）、それから塩を焼く薪になり、更に琴になる。

歌は琴の音から海の中に立つ木がそよぐさまという情景に移って終わります。難解といえば難解。理詰めの解釈がしにくいので学者たちはさまざまな解読を提案し、まさに百家争鳴の状態です。そもそもなぜ枯野と命名したのかわからない。

この立派な木は船になりました。この時期だからもう丸木舟ではなく構造船でしょう。それが造れるほどの大きさの木だった。速い船ができたのはもとの木に備わる霊力のおかげです。

「塩に焼き」は、入浜式の製塩の最後の段階、日光で塩分濃度を高めた鹹水を煮詰める段階の燃料にしたということでしょうか（製塩に使われた土器はたくさん出土しています）。塩は今でもお清めにするくらいですからそれ自体に霊力がある。その製造に木は関わったわけです。

その残りを琴にしたら名器になった。これも木の力でしょう。

その先、歌の中の「由良の門の／門中の海石に　振れ立つ／なづの木の」がわからない。しかしぼくは琴の音から木がそよぐさまへという聴覚的な連想というだけで充分と思うのです。こんなに心地よい運動感の歌は『古事記』には他にありません。

一つの短いストーリーの中に歌がはめ込まれるのが『古事記』における歌の用法ですが、ストーリーが終わったところに歌があって全体を詩的に要約するのはこの「枯野」だけです。柿本人麻呂の長歌の後に反歌が置かれているのも同じ原理ではないでしょうか。

大事なのはこれが後の時代の『伊勢物語』などの歌物語を先取りしているということです。歌にはこういう機能がある。

これはぼくの好きな歌で、昔、「今はない木々の歌」という合唱組曲の歌詞に引用したことがありました（作曲は我が友人・池辺晋一郎）。

第八章

残った話題

多すぎる人名

ここまでいくつかのテーマに分けて『古事記』のいろいろな面のことを書いてきました。いわばそれぞれがテーマパーク「古事記ワールド」のパビリオンと思ってください。

それでも残った話題がいくつかあるので、最後にまとめてみましょう。

数年前に『古事記』を現代語に訳していてまず思ったのが名前が多すぎるということ。神様だけで三百十二人（本当ならば三百十二柱とすべきなのでしょうが、これは英霊みたいでどうも好ましくない）。人間の方ははて何人か。『源氏物語』に登場人物が多いのはなにしろあれだけの長篇だからわかりますが、『古事記』は大した長さではない。そこに固有名詞がぎっしり、つまり密度が高い。神の方は自然現象をどんどん神にしていったから増えたのかもしれません。「六月晦大祓《みなつきみそかのおほはらへ》」の最後のところ、人の世の罪を海の奥底へ運んでいって消滅させるだけで四人の神がリレーで働くのです。

天皇については妻たちそれぞれの出自を記した上で生《な》した子供たちの名を羅列します。その他にもちろん物語の中に登場する人物がたくさんいる。『古事記』は文芸であると同時に歴史ですから一瞬だけ出てすぐに消える人の名も記さなければなりません。それにしても多いと思ううちに、これも豊饒を願う魔術なのだと気づきました。人は多いほどいい。だから名前も増殖するに任せる。

少しはいんちきもあります。サホビメは兄と共に死のうと決めた時、やもめになる夫・十一代垂仁天皇に子の育てかただけでなく後添いまで指名するのですが、その二人の名がエヒメとオトヒメ。これは姉と妹と言っているだけで人の名前になっていません。しかしサホビメが誰かを指名したことは伝わる。

オホクニヌシの兄弟は八十人とあるばかりで名前はない。童話的な誇張ですね。

社会とは血統による縦の軸と身分や職掌による横の軸からなる格子です。それがまだそれが充実する前に『古事記』はともかく格子だけを作ってしまおうとしたかのようです。それが系譜に割かれた紙数すなわち人の名の多さに繋がったのでしょう。これら一人一人について詳しく書いたらそれこそ『源氏物語』か『今昔物語』のように長大になっていたかもしれません。

人間として失敗談も書く

『古事記』は歴代の天皇を軸とする歴史ですが、そのわりに天皇たちの名誉を尊重していません。事績を淡々と記すだけでその人格を賛美することが少ない。武勲を強調せず、失敗談を排除せず、むしろ人間として愉快に描いている。

（武勲の例としては神功皇后の三韓征伐の話がありますが、魚たちが船を運んだなどとわざと大袈裟に、ほとんど荒唐無稽なおとぎ話のように書いて現実味を消しています。）

「序」を信じるならば太安万侶は四十代天武天皇の命で書いたわけですが、それにしては天皇家の祖先たちに対して遠慮がない。距離を置いたこの客観的な執筆態度は後の世の御用学者たちと比べて賞賛に値すると思います。またそれを容認した天皇側も懐が広い。出来上がった『古事記』を提出した相手は四十三代元明天皇でした。

現代語訳にぼくがつけた脚注によれば、元明天皇は――

天武天皇の崩御の後、その姪にして妃が四十一代持統天皇になった。天武天皇の皇子だった夫の草壁皇子が天皇になれないまま亡くなり、その孫が十五歳で四十二代文武天皇になったが、統治十年にして亡くなったので、草壁の妻であり文武の母である彼女が即位して元明天皇になった。八年間の治世で藤原京から平城京へ遷都し、貨幣「和同開珎」の鋳造を進め、『風土記』の編纂を始め、『古事記』を完成させるなど、事績も多い。

と立派な治世でした。
　むしろ当時の天皇家の人々にとって先祖は尊崇する以上に言い伝えの中の懐かしい存在だったのかもしれません。そして先祖の偉業で補強する必要がないほど政権は安定していたと言うこともできます。
　賛美過剰なのはむしろ「序」の中で天武天皇をひたすら褒めまくる太安万侶の筆の方です——

　政治は黄帝を超え、徳義は周王を凌ぐほど。
　神器に依って天下を治め、皇位の権威で夷狄を押さえる。
　陰と陽の正しい流れに沿って、五行の乱れぬ動きに乗って、
　神々の教えを呼び戻し、風俗を調え、
　徳の力によって国内に平和を広められました。
　それればかりか、その叡智は海のように広く、過去によく通じ、
　心は鏡のようで、未来を透かし見ておられる。

中国の様式にそって美辞麗句を並べているのですが、相手が名君であったとしても言葉

が上滑りしている。

『古事記』の本文とは姿勢も文体も違いすぎる。

このことから三浦佑之さんはこれは『古事記』が成立してからずっと後にできた偽書ではないかと言われる。

ぼくは素人ですから、なるほどそうかもしれないと思うだけでそれ以上の判断は控えます。

敗者に心を寄せる日本人

天皇たちの武勲が少ない一方で、『古事記』は勝者ではなく敗者の方に心を寄せます。自分の運命に殉じる悲劇の人物が好きなのです。

いちばんいい例がヤマトタケル。

彼は優秀かつ果敢な戦士であり、多くの蛮族を次々に平定しました。

しかし、その実力と人望のゆえに父・十二代景行天皇に恐れられ、疎まれ、遠ざけられ、転々と征旅を重ねたあげく遂に郷里に戻ることなく客死します。

彼をオホクニヌシと比べてみましょう。この名前の多い神も若い時にはずいぶんたくさんの試練に遭います。しかし結局は国土をまとめ、それを天の神々に奪われはしてもそれなりに祀られ、安寧の域に達しました。彼を祀る神社は津々浦々にあります。

そして、比べればぼくたちはオホクニヌシよりヤマトタケルの方にずっと親しく心を寄せるのです。

あるいは、七歳で父の敵である二十代安康天皇を弑したマヨワ。彼は忠臣ツブラオホミのもとに逃げ込みますが、安康天皇の弟であるオホハツセワカタケル（後に即位して二十一代雄略天皇）の軍勢に囲まれ、進退窮まってツブラオホミと共に果てます。幼くて潔くて悲しい。

あるいは、十六代仁徳天皇に呼び出された美女メドリ。天皇の大后イハノヒメの嫉妬と迫害を予想してお召しを断り、使者であるハヤブサワケを夫に選び、彼を唆して皇位簒奪を企て、兵たちに追われてあっさり殺される。

あるいは、同母の兄妹でありながら恋仲になった軽皇子《かるのみこ》と軽大郎女《かるのおほいらつめ》。二人は世間に追い詰められ、流罪になった先の伊予で共に亡くなります。

この心的傾向は延々と日本人の間で受け継がれました。

『平家物語』は源平の合戦の形をとった平家一門の没落の話です。だからこれを読む者は、あるいは琵琶法師の語りを聞く者は、平家の側に身を置いて同情・共感の思いに身を任せて涙する。

『平家物語』の源義経は強すぎておもしろくない。兄の勢力に追われて逃げる『義経記』の義経の方が人気があり、判官《ほうがん》贔屓という言葉まで作られたほどです。

能のこと。その主流である夢幻能では現世にある者の前に滅びた者の亡霊が現れて心中の詠嘆を語り、やがて舞いを通じて浄化されて消える。

この流れはやがて文楽と歌舞伎に引き継がれました。心中物はその典型です。『曽根崎心中』のお初と徳兵衛、『心中天網島』の小春と治兵衛、どちらも世間に追い詰められて死出の旅路に向かう。最後の道行きが観客の涙を誘います。

時代物でも我が子を殺さねばならなくなった親の心境が義太夫節と太棹に乗って嫋々と語られる。典型は『菅原伝授手習鑑』の松王丸と小太郎。

いわゆる愁嘆場であり悲嘆をくぐり抜けての浄化、つまりカタルシスです。この言葉がギリシャ語であることからもわかるとおりギリシャ悲劇には見られますし、ラシーヌにもシェイクスピアにもありますが、日本人の場合は格別にこれへの傾きが強いように思われます。

そしてこれは江戸期までずっと続いて、そこでぱたりと消える。

列強の間に出ていって戦わなければならなくなった維新後の日本に、もう弱者・敗者への思いやりの余地はなかったかのようです。

残ったとすれば三益愛子の母もの映画の中とか。泣かせますからハンカチを持って見に来てくださいと宣伝された母と子の生き別れの話がもっぱらで、その土台にあったのは『傾城阿波の鳴門』でしょうか。しかしこれも消えてしまった。

なぜ『古事記』は書かれたか?

『古事記』については、なぜ書かれたのかが最も大きな、根源的な謎です。
『日本書紀』はわかります。
中国には『史記』に始まる各王朝の正史がありました。合わせて「二十四史」。彼らはみな自分たちの事績を歴史に留めようとした。歴（社会のできごと）を記した史（ふみ）。

記録に残ってこその自分たちの生なのです。

同じ思いは日本人にもあって、だから渡来人が文字を齎した時、それを用いて言葉を固定できることにさぞ感動したことでしょう。それまで言葉は口から発されて相手の耳に届いて、そして消える。記憶に残るけれど心許ない。

文字は有用です。帳簿を作れば物資を正確に管理できる。

思いを述べる歌もその場かぎりのものではなく後世に残せる。

そして自分たちの年々の行い、祖先のこと、他家との仲、言い伝えや伝説、なによりも信じて頼っている神々のこと、みんな書いて残せる。

これによって社会は組織化されました。

口承から文字への転換期です。

『古事記』と『日本書紀』はいきなり現れたのではありません。そんなはずがない。

まず『国記』と『天皇記』。この二書については『日本書紀』の中に記述があります。聖徳太子と蘇我馬子の命で作られたが、六四五年の乙巳の変の時、蘇我蝦夷の屋敷が焼かれた際に焼失してしまったと。もっとも『国記』だけは持ち出すことができたけれども、その後で行方知れずになったらしい。

『古事記』そのものにも太安万侶の「序」に天武天皇が――

私が聞いたところでは、みなみなの家に伝わる帝紀と旧辞は今では事実を離れてずいぶん嘘が混じっているということだ。今のこの段階で正さなかったら、何年も経たないうちに本来の姿は失われてしまう。帝紀と旧辞は国家の基礎である。だからこそ今ここで帝紀を一書にまとめ、旧辞を詳しく調べて、間違いを正し真実を確定、後の時代に伝えたいと考えると言われたのを受けてこれを「整備」したと言います。

つまり、「帝紀」と「旧辞」は国家の基礎としてすでにあった。その乱れを正し嘘を排除して真性なテクストを作るのが太安万侶の仕事でした。

それはわかるのですが、ではなぜ『日本書紀』と同時期に並行して『古事記』が編まれたのか。国外向けと国内向けそれぞれが必要だったのか。それにしては編集方針が違いすぎる。『古事記』は『日本書紀』を和訳したものではありません。

加えてわからないのは稗田阿礼《ひえだのあれ》の役割です。

「序」には――


そこで阿礼に代々の天皇の継承の次第ならびに昔からの旧辞を誦《よ》み習うことが命じられました。

「稗田阿礼が記憶している旧辞を一冊の本として整備せよ」と仰せられました。

とあります。

天皇の継承の次第は「帝紀」でしょう。それと「旧辞」を「誦み習う」とはどういうことか。記憶したものを語り、それを太安万侶が筆記する？

「誦習」を我が敬愛する西郷信綱先生は oral performance つまり一種の朗唱だったと言われます。しかしぼくはこれに納得しません。仮にも「帝紀」や「旧辞」として文字になっているものを編集して文字にするのになぜ一度は声にしなければならなかったのか。

稗田阿礼が男か女か、なぜ舎人《とねり》とされたのか、説はさまざまありますがここでもぼくは素人として判断を控えます。

自分の小説『ワカタケル』では稗田阿礼を代々受け継がれる公的な記憶者の職名とし、女性ということにしました。もとよりフィクションです。

太安万侶のいちばんの功績は漢字で和語を表記する方法を確立したことです。

編纂事業はおそらく豪族たちと天皇家の力関係を反映するきわめて政治的な難業だったでしょう。

しかし、表記の方は今に至るまでの日本語の基礎を作った、文字通り画期的なことでした。

彼自身が言います――

古い時代には言葉もその意味もみな素朴でしたので、それを文章にして漢字で記すのはまことに困難なことであります。
漢字の訓だけで綴ると真意が伝わりません。
音だけで綴るとただ長くなるばかり。
そこで、この書では、
ある場合は一句の中で音と訓を混ぜて用い、
ある場合は訓だけで記すことに致しました。
そういう時は、文脈がわかりにくければ注を付し、
わかりきったものには注は付けないことにしました。
姓を記す時、日下と書いて読みは玖沙訶《くさか》としたり、
名を記すのに帯の字を多羅斯《たらし》と書くなどは、
すべて原本のとおりと致しました。

これもすでにあるところまでは実用化されていたのでしょう。
仕事として文字に接していた者が日々話している和語と目の前の文字を結びつけないは

ずがない。

しかしこれで作られた書記法（後の呼び名によれば万葉仮名）によって日本人は漢字をすっかり自分たちのものにしたのです。これと並ぶ後世の達成がカタカナとひらがなの発明でした。

今につながる天皇制

幾度か危機はあったけれど、天皇制は万世一系、まずまず繋がってきました。

一千三百年前に完成した『古事記』に書かれたことがそのまま今に残っている例があります。

古代、酒宴は「とよのあかり」と呼ばれました。

例によって『古典基礎語辞典』によれば、これはまず「トヨは美称、アカリは酒を飲んで顔が赤くなる意」です。「うれしいひなまつり」の歌詞の「少し白酒召されたか、赤いお顔の右大臣」というあれ。我々にも日常茶飯事です。

それが転じて、「宮中で儀式の後に催される宴会。のちに、新嘗祭または大嘗祭のあとに、天皇が新穀を食し群臣に賜う儀式を特に豊明節会と称し、白酒・黒酒を賜り、吉野の国栖の奏楽や五節の舞などが行われた」という。

新嘗祭や大嘗祭が今にも伝わっているのは誰もが知っていることですが、それでも今の皇居のいちばん大きな宴会用の部屋の名が豊明殿であると知った時には感心しました。そんなに続いているのだ。

もっと能動的な伝統もあります。

正月の「歌会始の儀」。

民間から広く秀歌を募り、これに天皇皇后はじめ皇族の歌を合わせて一首また一首、独特の節回しで朗々と読み上げます。これを披講と呼び、担当するのは、読師《どくじ》一名、講師《こうじ》一名、発声《はっせい》一名、講頌《こうしよう》四名。一首読むのに三分以上を掛けます。いかにも昔のままという演出で、有職故実という言葉が思い出されます。

現代の歌会始では事前に漢字一字の「お題」が出され、それを踏まえての作歌がルールです。

ぜんたいの傾向として個人の生な感情を盛り込んだ現代短歌よりも悠々とおおらかな和歌風のものが主流であるようです。なんと言ってもお正月ですから絶唱の類は似合わない。

そういう制約の中でも三十一文字に多くを盛り込む工夫があります。和歌・短歌・俳句は制約を課することによって表現の濃度を高めるものですから。

平成八（一九九六）年の歌会始、お題は「苗」。

この時の皇后美智子さまの作は――

日本列島田ごとの早苗そよぐらむ
今日わが君も御田《みた》にいでます

これには感服しました。

まず「苗」というお題がいい。『古事記』を読めばわかるとおり、日本は建国以来ずっと稲作の国です。それはもう稲への信仰と言ってよい。日常生活にも浸透していて、我々は稲と米と飯を言葉として使い分けるし、「ごはん」は炊いた米であると同時に食事全般を指します。

そういうお題をどう受けるか。

いきなり「日本列島」という四角い文字が出てくる。「列島」は響きも促音が入って固い。だいたい日本語のｒ音は語頭にくるととんがって固いのです。

和歌はもっぱら和語で作られ、漢字の熟語はなるべく使わないものですが、その慣習を打ち破ってこの言葉をはじめに置く。宇宙から国土を鳥瞰するような気宇壮大な視点を呼び込む。

その視点は「田ごとの早苗」へと速やかにズームインして早苗という具体物を示します。「田ごとの月」という言葉があるとおり、この国の民は田の一枚ずつを愛でてきました。山の上まで整地して畦で囲って田に仕立て、何百年もそれを維持してきた。棚田に田植えをして、ぜんぶ終えたと思って笠を取ったらその下にもう一枚の田があったという話があるほどの手間の掛けよう。

「早苗」のｓの音は次の「そよぐらむ」のｓに繋がります。日本語でもっとも爽やかな子音です。ここの「らむ」は推測。ここにいてかしこを思う、この距離感が大事です。

そこで情景は一転、天皇明仁さまの田植えという具体的な行動を描く。

皇居には小さな田があって稲が育てられます。養蚕と並ぶ小規模ながら象徴的な皇室の産業です。収穫された米は新嘗祭で神に捧げられます。千数百年ずっと続いてきた神聖な行事です。

お題の「苗」がこの年の豊作を願う予祝になっているという正月らしい仕掛けでした。

しかし、最も注目すべきは「わが君」という語です。

和歌の伝統を保持することを代々の皇室は責務としてきました。天皇みずから歌を詠み、優れた歌人を宮廷に集め、『古今和歌集』に始まる勅撰和歌集を編む事業を後援する。

実例を挙げれば、八十二代後鳥羽天皇（退位して後鳥羽院）は『新古今和歌集』をプロデュースし、藤原定家を当代随一の歌人・批評家として推し、自らも「我こそは新島守《にひじまもり》よ隠岐の海の荒き波風心して吹け」という豪壮で悲哀の感のある歌を配流先で詠んだ大歌人でした。帝王として自然に号令する。

代々の天皇は歌を詠みましたし、その中には当然ながら恋の歌もあった。『万葉集』の相聞、『古今和歌集』以降の恋、は四季と並んで和歌の部立ての主軸です。

『百人一首』には七十五代崇徳天皇（崇徳院）の、

瀬をはやみ岩にせかるる滝川のわれても末に逢はむとぞ思ふ

が採られています。何があっても添い遂げるという、性急で荒々しい恋の歌です。

ここまで激烈でなくても歴代の天皇は恋の歌を詠みました。

そもそも和歌とはそういうものだった。

現実の恋とはかぎらず、文学の形式として恋する立場に身を置いて詠む。

明治天皇は生涯に九万三千首を詠んだ歌人でした。『明治天皇御集』は一千六百八十七首を収めています。
御製はいかにも帝王ぶりのおほどかな歌風です。試みに明治二十五年から選べば――

梅薫風
時すぎて散るも残るも風ふけばひとしくかをる梅の花ぞの

折りたる花の枝を
わがために枝をえらびて手折りけむ花の匂のふかくもあるかな

実に素直なのびやかな歌ですが、天皇の歌としてこの人の前と後では大きな違いが生じました。和歌の部立ては、春・夏・秋・冬・雑・挽歌と共に恋がある。『万葉集』の相聞以来、恋は和歌の最も大事な主題でした。しかし明治天皇は恋の歌を残していない。軍を率いて敵と戦うべき大元帥には似合わないという考えが（たぶん元老たちの間に）あったのでしょう。ここに挙げた二首の後の方には枝を選んで折ってくれた相手への淡い思慕の情が読み取れますが、しかしそこまで。
明治天皇には側室がいましたし、実際に大正天皇は側室・柳原愛子の子でしたが、その一方で皇室は西欧諸国に倣って近代化され一夫一婦制を目指しました。こうなると天皇など皇室の面々の歌には恋が入る余地がなくなります。歌会始のお題が「恋」であることは絶対にないでしょう。

しかし、恋情を詠む方法がないわけではない。相手が夫か妻であればいい。それがこのお歌の「わが君」です。

ここにある「君」は先に「天皇列伝」で引いた軽大郎女の

君（きみ）が往（ゆ）き　日長（けなが）くなりぬ
山（やま）たづの　迎（むか）へを行（ゆ）かむ　待（ま）つには待（ま）たじ

の「君」と同じで恋する相手のこと。上代には女から男に向けて使う代名詞でした。もう一つ例を挙げれば、トヨタマビメが妹に託して夫ホヲリに贈った歌——

赤玉（あかだま）は　緒（を）さへ光（ひか）れど

白玉（しらたま）の　君（きみ）が装（よそひ）し　貴（たふと）くありけり

琥珀のように赤い玉は、それを繫ぐ紐まで輝いて見えますが、それ以上に、あなたの姿は真珠の白い玉、一層高貴に思われます。

つまりこの歌会始の歌で皇后美智子さまは古歌の用例を引いてさりげなく夫である天皇明仁さまの田植えを言祝《ことほ》いでおられる。いくつものイメージと意味を重ねた見事な技巧なのです。

あとがき

この本はぼくの『古事記』に関わる二つの仕事、「池澤夏樹＝個人編集　日本文学全集」のための現代語訳と長篇小説『ワカタケル』のいわば落ち穂拾いだが、それは同時にこの数年で得た『古事記』に関する知識を蒸留して得たエッセンスでもある。

『古事記』は巨大な壁画のようなもので、その前に立つと細部しか見えない。一つ一つのエピソードはおもしろいのだが全体との関係がつかめない。この本では何歩か離れて広い視野を得ようと試みた。

現代語訳の時には知識の断片がたくさん集積されて、星雲のように広がった。『ワカタケル』では雄略天皇一人に対象を絞って生涯を辿り、そこに諸学の知見を盛ることで小説に仕立てた。神話と史実が混じり、現実的な建国者の姿が立ち現れた。

本書の場合は、自分が素人であってよかったと思う。勝手放題に話を広げて、ギリシャ神話や旧約聖書と比較したり、地政学など取り込んだり、ジェンダー論を少し展開したり、ずいぶん散らかしたものだ。どちらかと言えば比較文学に近い手法だろうか。

現代語訳と『ワカタケル』で律儀に並べたドミノを一気に倒すようなものだから書いて

いて楽しかった。

実は『古事記』に関わる本はもう一冊ある。ヨルク・シュマイサーの版画にぼくが詩を添えた詩画集『満天の感情』を去年出した。

これでしばらくは『古事記』から離れるだろう。

二〇二三年四月　安曇野

池澤夏樹

参考文献

『古事記』池澤夏樹訳（池澤夏樹＝個人編集 日本文学全集） 河出書房新社
『ワカタケル』池澤夏樹著 日本経済新聞出版
『宇宙創成』上巻 サイモン・シン著／青木薫訳 新潮文庫
『古事記注釈』全八巻 西郷信綱著 ちくま学芸文庫
『満天の感情』池澤夏樹著／ヨルク・シュマイサー木版画 河出書房新社
『古典基礎語辞典』大野晋編 角川学芸出版
「六月晦大祓」池澤夏樹訳（『日本語のために』池澤夏樹＝個人編集 日本文学全集） 河出書房新社
『感応の呪文』デイヴィッド・エイブラム著／結城正美訳 論創社
『口訳万葉集』折口信夫著（折口信夫全集） 中公文庫
『萬葉集釋注』全十巻 伊藤博著 集英社文庫ヘリテージシリーズ
『日本書紀』坂本太郎、井上光貞他校注 岩波文庫
『科学する心』池澤夏樹著 角川ソフィア文庫
『安曇族と徐福』龜山勝著 龍鳳書房

河出新書 060

古事記《こじき》ワールド案内図《あんないず》

二〇二三年五月二〇日　初版印刷
二〇二三年五月三〇日　初版発行

著者　池澤夏樹《いけざわなつき》
発行者　小野寺優
発行所　株式会社河出書房新社
〒一五一－〇〇五一　東京都渋谷区千駄ヶ谷二－三二－二
電話　〇三－三四〇四－一二〇一［営業］／〇三－三四〇四－八六一一［編集］
https://www.kawade.co.jp/

マーク　tupera tupera
装幀　木庭貴信（オクターヴ）
印刷・製本　中央精版印刷株式会社

Printed in Japan　ISBN978-4-309-63164-6
落丁本・乱丁本はお取り替えいたします。
本書のコピー、スキャン、デジタル化等の無断複製は著作権法上での例外を除き禁じられています。本書を代行業者等の第三者に依頼してスキャンやデジタル化することは、いかなる場合も著作権法違反となります。

アメリカ
橋爪大三郎
大澤真幸
日本人はアメリカの何たるかをまるで理解していない。二大知性の刺激的な対話によって、アメリカ理解の核心がいま明らかとなる。
001

考える日本史
本郷和人
教科書は退屈だという人へ。東大教授が教える、新しい歴史の愉しみ方。たった漢字一字から歴史の森に分け入る、新感覚・日本史講義。
002

歴史という教養
片山杜秀
歴史に学べと言うが、先行きの見えない時代の中で、それはどういうことなのか。当代屈指の思想史家が説く、歴史センスのみがき方。
003

一億三千万人のための『論語』教室
高橋源一郎
二千五百年の時を超え、『論語』が高橋源一郎訳で甦る！　さあ、「一億三千万人のための『論語』教室」、開講です!!
012

この30年の小説、ぜんぶ
読んでしゃべって社会が見えた
高橋源一郎
斎藤美奈子
2011年から令和まで、計6回おこなわれた本をめぐる対談から、日本社会が浮かび上がる。前人未到の読書案内。
043

河出新書

読書とは何か
知を捕らえる15の技術
三中信宏
読書とはつねに部分から全体への推論だ——巻の「読書効率主義」に反旗を翻し、博覧強記の進化生物学者が授ける前代未聞の読書術！
046

人間らしさとは何か
生きる意味をさぐる人類学講義
海部陽介
人間とは何か？ 注目の人類進化学者が最新の知見をもとに、ホモ・サピエンスの誕生史を辿り、人類の多様さとその特性の意味を探っていく。
047

こころの違和感 診察室
しっくりこない自分と折り合いをつける方法
春日武彦
ままならない自分と折り合いをつけるには？ 精神科医による丁寧な考察とアドバイス。こんなはずじゃない！と思ったときに効く33章。
048

脳と生きる
不合理な〈私〉とゆたかな未来のための思考法
藤井直敬
太田良けいこ
ゼロイチ思考、正義好き、パワープレイ、偽善&利他的……やっかいな脳のバイアスに惑わされず虚実混交する現実をサバイブする術とは？
049

この国の戦争
太平洋戦争をどう読むか
奥泉光
加藤陽子
戦争を描いてきた小説家と戦争を研究してきた歴史家が、必読史料に触れ、文芸作品や手記なども読みつつ、改めてあの戦争を考える。
050

河出新書

河出書房新社

池澤夏樹＝個人編集
日本文学全集 01
古事記

池澤夏樹＝訳

世界の創成と、神々の誕生から
国の形ができるまでを描く最初の日本文学、古事記。
神話と歌謡と系譜からなる作品を、斬新な訳と
画期的な注釈で読みやすさを工夫した、
大好評の池澤古事記。

◆

満天の感情
『古事記』詩画集

池澤夏樹＝詩
ヨルク・シュマイサー＝木版画

混沌と秩序、死と生命、愛と裏切り——
詩人池澤夏樹と版画家ヨルク・シュマイサー、
世界を旅してきた二人が『古事記』の世界を歌い、描く。
自由とイマジネーションに満ちた詩画集。